唐師

陸章

以退為進

The Master of Tang Dynasty

離人望左岸 著

目次

第一百七十一章

鞅鞨叛變李勣遇刺

突可力從陰影之中緩緩步出，看著窗紙上李勣和徐真的剪影，嘴角浮現一絲冷笑，想起那位崔先生對自己所說的話，心頭頓時火熱起來，手掌往空處一比，諸多親兵如魅影一般迅捷移動，慢慢將整座小院圍困了起來。

靺鞨曾遭高句麗奴役數載，直到對大唐臣服，才免遭高句麗的壓迫，然而突可力不是一個能容忍的人，自認靺鞨騎兵鋒銳無比，無人能出其右，既不受大唐待見，還不如投靠高句麗。

在突可力眼中，大唐雖強盛，高句麗人的抗壓性卻更強，只要將戰爭拖延下去，待得冬天一到，唐軍必不能抵禦嚴寒，到時候李世民就會步了隋煬帝的後塵，他靺鞨一族也能夠火中取栗，從戰爭之中獲得利益。

起初他對戰爭局勢也不甚明朗，可經過崔先生一番分析之後，他終於看到了靺鞨一族的未來。他們是東北原野上的狼群，又怎能屈服在大唐的馬鞭之下？

高句麗如今也是人心惶惶，泉蓋蘇文不得人心，大唐雖打著仁義王師之旗號，對於高句麗人而言，終究也只是恃強淩弱的侵略者，靺鞨軍若加入高句麗，必定是一支極大的助力！

然突可力想要的並非僅僅如此，只要今夜能夠將李勳和徐真擒拿住，出了橫山城，入了高句麗，他們可就是有功之臣，這份投名狀可就厚重了！

念及此處，突可力緊握著拳頭，心底卻在壓抑著咆哮：「父親，哥哥，雖然你們棄族人於不顧，但還有我突可力！」

「動手！」

隨著突可力一聲令下，二十餘靺鞨頂尖刺客嘭嘭嘭撞碎門牆，四面八方湧入李勣的房中！

李勣此時五十有一，然其出身富戶，自幼習武，身體硬朗，武藝高強，又使得一手出神入化的長槊，更是見慣了沙場生死，突遭此難，卻臨危不亂，滾地躲過一支短弩，案几已經被靺鞨刺客的斬馬刀給劈碎。

徐真屢遭暗殺，早就習以為常，胡凳一舉，三四根弩箭鏗鏗鏗就射入凳面，穿透出來，距離徐真的眼睛也就只有三四寸的距離。

他憤然將胡凳甩出去，正中一名刺客的心胸，那刺客居然不躲不避，一拳狠狠砸下來，居然將胡凳凌空砸碎，木屑四處橫飛。

「果然是硬茬子！」

徐真心頭一緊，趁亂衝到房間左側的屏風，取了長刀，卻是將屏風一腳踢翻，隨後追來的刺客被屏風一阻，徐真已經抽刀在手，整個人撞破屏風，長刀從屏風之中刺出，那刺客猝不及防，被徐真一刀捅了個通透。

長刀鋒銳無比，又狹長微彎，徐真調動內功，一口氣提上來，雙手猛然用力一拖，那中刀刺客半截身子都被抹開。那刺客腸子內臟流了一地，徐真頓時滿身染血，捉緊了長刀撲殺過來，刺客也是駭然失色！

李勣並未隨身帶兵刃，因著這房間本屬徐真，他的衣甲刀弓都被親兵收納著，此際遭遇刺客圍殺，生死一線，順勢抓住六尺餘高的燈柱，當了長槊來使。

刺客們本以為李勣年老體衰，卻不知這位國公爺也是踏著無數屍首和白骨才登上了如今的高位，根本就沒有給刺客們任何機會。

那燈柱是上好的楠木，堅韌有餘，頂端的燭臺雖然是熟銅所鑄，卻是尖銳的花團樣式，李勣猛然一刺，燭臺刮去那刺客半邊臉面，後者轟然倒地，卻並未氣絕，只顧捂著臉面嗷嗷大叫，鮮血流了一地，實在讓人頭皮發麻。

突可力沒想到徐真和李勣這一老一少居然有此等戰力，非但抵住了他們的猝然偷襲，居然還殺傷了他們五六個刺客兄弟。

他緊了緊手中彎刀，心頭猛喝，拖刀衝向了李勣。

因為他很清楚，論身份地位，李勣身為唐軍遼東道行軍大總管，只要拿下李勣，無異讓大唐在全天下面前丟臉，高句麗那邊少不得給自己一個耨薩的職位，而徐真則稍遜，論難易，顯然李勣要比徐真要容易對付太多。

突可力雖不如父兄勇武，然常年在東北原野馳騁，也練就了一身好本事，手中彎刀掛起尖嘯，一刀掃向李勣上身，後者冷哼一聲，稍作閃避，燈柱猛然刺向突可力下腹。

手腕猛然一拖，突可力硬生生止住刀勢，往回斜斜上撩，燈柱頂端的銅質燭臺被清脆切斷。

「好鋒利的刀！」

李勣暗讚一聲，旁邊的刺客又湧了上來，他手腕一擰，燈柱如龍出海，新削斷的尖銳切口將那刺客捅了個透心涼。

刺客根本來不及呼喊半句就斷了氣，李勣腳步旋轉，從刺客身邊擦過，已然將刺客手中長刀捉在了手中。

眼睜睜看著這老東西在自己眼皮底下殺人奪刀，突可力豈有不怒，手中彎刀如狂風驟雨一般猛砍猛劈，李勣到底吃了力氣不濟的虧，被逼得連連後退。

突可力得勢不饒人，一招磕開李勣手中刀，再一刀，眼看就要將李勣的手腕給砍下來。

「叮！」

一聲脆響，斜斜殺出的徐真擋下了這懸發一刀，用力架開突可力的長刀之後，徐真怒目大睜，長刀勢若萬鈞地直劈下來。

突可力心頭大駭，慌忙舉刀格擋，那柄彎刀卻被徐真的長刀劈掉了半截刀頭。

「格殺勿論！」

突可力惱羞成怒，也不再考慮生擒活捉，只需帶著李勣和徐真的人頭去投靠高句麗，一干刺客被砍翻了足足十個人，剩餘的也都聞風喪膽，收到突可力的死令之後，只得硬了頭皮衝殺上來。

徐真與李勣靠背防禦，見刺客人多勢眾，徐真也不再遲疑，從腰間摸出一顆火丸，猛然往地上一擲，轟然爆開，借助火光和濃濃煙霧的掩護，徐真拖著李勣往後急退，倏然彈出，以肩頭撞開窗門，帶著李勣突圍而出。

府邸之中靜悄悄沒個動靜，又黑燈瞎火，徐真仗著熟悉地勢，帶著李勣沒入府邸院落，一路上見得府邸家僕奴役遍地屍體，顯然被刺客屠殺殆盡。

徐真悲憤難當，李勣卻冷靜沉著，沉聲罵道：「膽敢行刺一軍主帥，這些蠻夷也是真夠膽色了！」

徐真聞言，不由訝異道：「恩師如何知曉他們的身份？」

早在突可力發聲之時，徐真就已經確定了他的身份，他依稀記得史料所載，高句麗之戰打響之時，靺鞨乃大唐屬軍，可蓋牟城和遼東城之戰，靺鞨卻變成了高句麗那邊的力量，他一直提防著，沒想到今夜卻是應驗了。

李勣冷哼一聲道：「這些人的架勢和刀法，又怎可瞞過老夫的眼睛，早在征伐突厥之時，老夫就見識過靺鞨部族的手段了！」

徐真聞言，不由暗自敬佩，李勣果真是能與李靖比肩的元帥。

「上房頂，我倒要看看他們有甚麼能耐！」李勣當機立斷，徐真俯下身子，老國公默契十分，疾行數步，踏著徐真肩頭，踏踏踏就上了房頂，將刀鞘伸下來，將徐真給拉上了牆頭，一老一少配合默契，一如並肩作戰多年的袍澤。

此舉讓李勣似乎又回到了當年四處征伐的場景，拍了拍徐真的肩頭，欣慰點頭，二人藏身於屋脊之後，悄無聲息如靈貓一般潛行。

突可力率領殘餘刺客追殺出來，見不到徐真與李勣的身影，憤憤一嘆，只能出了府邸，跨上早已準備好的戰馬，往南城門的方向疾馳而去。

「他們這是要叛逃了！務必要攔下來，死傷事小，影響了軍心士氣可就不妙了！」李勣皺眉分析，徐真自是認可，二人分頭行動，李勣去調兵遣將，而徐真則單槍匹馬朝南城門追了過去。

突可力的兵營就在南城門外二里之地，只與奚部兵馬相隔數里，只要出了這南城門，就能夠轉折了方向，投往蓋牟城。

崔先生早已跟他透露過，城頭守軍也是自己人，突可力雖不敢深信，但事到如今，也只能硬著頭皮迎了上去。

韓復齊剛剛與周滄酣暢夜飲，諸多守軍醉倒了一片，正呼呼大睡，周滄將席地而眠，也是鼾聲如雷。

見得靺鞨首領果真領兵出城，韓復齊心頭頓時揪痛，他是個莽夫，但深知忠君愛國之理，張儉與靺鞨部苟合，又豈是人臣之道。

然而張儉對他韓復齊恩重如山，他卻不得不違心從賊，正要絞開城門，周滄的鼾聲倏然停止，這漢子也是刀頭舔血的日子過得太慣，稍有風吹草動就會驚醒，見得一彪人馬衝到城門之下，也有些迷惑不解。

韓復齊面色怪異地解釋道：「周老哥，這是靺鞨首領，新封歸德將軍突可力，要出城檢驗兵營，勞煩過來幫我把城門給絞開，放了他們過去。」

周滄被打擾了清夢，大咧咧抹了抹嘴角口沫，又將三四個守軍踢起來，幾個人幫著韓復齊絞開城門。

那城門開到一半，城中卻突然響起尖厲的嘯聲，一道赤紅火光沖天而起，在夜空之中炸開漫天的花火！

「這是主公獨有的傳訊沖天炮！」周滄心頭大駭，慌忙讓韓復齊和守軍放下城門，自己卻提了陌刀，衝下城頭來，孤身一人擋在了突可力騎隊的前路。

突可力眼看著就要出城，卻見一人身高九尺，拖著一柄巨大的陌刀，橫擋在前路，心頭勃然暴怒，朝手下吼道：「給我衝過去！」

為首一騎兇狠無比，如風一般捲來，周滄卻面不改色，緊握了陌刀，手臂上的肌肉和血管如虬龍一般隆起，暴喝如炸雷，猛然附身，不退反進，疾行變狂奔，竟然主動迎向了那一名騎兵。

靺鞨騎兵素有威名，那衝擊者也是底氣十足，以騎克步，又怎會將周滄放在眼中，借助軍馬衝擊，附身就是一刀！

周滄根本就不理會對方，陌刀在地面上拖出一竄竄火花，如發怒的犀牛一般衝將過來，高高躍起，一刀橫劈了過去！

「噗嗤！」

馬頭連同騎兵半截身子被斬斷，鮮血當空噴射，那半截戰馬和騎兵往前拖出長長的血路，這才停止下來。

周滄臂膀被那騎兵的刀鋒劃開，可他卻渾然不懼，渾身浴血地指著隨後而來的騎兵咆哮道：「此路是我開，此樹是我栽！」

這一句話說不盡綠林好漢的衝天豪氣，城頭上的韓復齊本就是綠林出身，又跟周滄意氣相投，終究是抵擋不住內心拷問，跳下城頭來，與周滄並肩而站，同樣吼道：「想要從此過，留下你娘的買路財！」

第一百七十二章

張儉誣陷大軍發動

且說韓復齊掙扎良久，終究是抵不過內心拷問，城門既已開得一半，他也算不負張儉之重恩，如今跳下城來，與周滄並肩作戰，乃不願負了周滄的弟兄情誼，需知季布無二諾，侯嬴重一言，連文人都有說，君子死知己，提劍出天京，他韓復齊又怎能將周滄捨下！

唯大英雄真本色，是真名士自風流，二人橫刀而立，頗有振衣千仞崗，濯足萬里流之氣魄，此時面對突可力的騎兵衝鋒，二人渾然不懼，不求連城璧，但求殺人刀。

突可力見周滄一刀就斬斷馬頭人身，蠻力可謂驚天地泣鬼神，如那朱亥再世，典韋重生，不由讚了一句：「大唐果是多英豪！」

話雖如此，他座下神駒卻並未有所遲滯，反而猝然加速，如颶風一般襲來，周滄與韓復齊沉聲怒吼，真真是蟄龍已驚眠，一嘯動千山。

突可力一馬當先，他的彎刀已經被徐真斬斷，又從馬背上抽出斬馬刀，借助戰馬無匹的沖勢，撼動著大地的脈搏，呼嘯而過之時，斬馬刀以千鈞之勢斬向了周滄。

周滄渾然無懼，雙腳如紮根之神木，身子蹲低，腰背用力一扭，如同旋風一般舞動陌刀，與突可力硬拚了一記。

「鐺！」

突可力人馬一滯，繼而賓士出去，手中斬馬刀已經倒飛了出去！

周滄被對方的巨力衝撞之下，整個人被斬飛出去，陌刀被砍開一個駭人的豁口，刀背重重砸在了他的胸膛之上！

「嘭！」

周滄摔倒在地，噗就吐出一口鮮血來。

緊隨而至的十二三騎兵如巨浪潮頭一般滾滾而來，眼看著周滄就要死在亂蹄之下，韓復齊卻跳到了周滄的面前來，手中腰刀平舉胸前，左手抵住刀背，如巨浪之中的礁石一般，抵擋了騎兵，保住了周滄！

突可力也不敢再做停留，見周滄和韓復齊喪失再戰之力，率領一千親兵從城門如電如風地馳騁出去，朝韎鞨部大營疾奔。

「韓老弟！」

周滄忍住胸膛內一口熱血，剛要起身，韓復齊就轟然倒了下來。

「韓老弟！」

周滄悲憤難當，將韓復齊扳過來，只見後者胸腹盡是刀痕，鮮血已然模糊一片。

「快來人！快來人！」

這一番衝鋒如狂風驟雨，待城頭那群守軍被驚醒，突可力已然出了城門，這些人慌忙敲響警鐘，靜夜之中的橫山城頓時醒來，火光如繁星一般亮起，周滄將韓復齊交托給守軍將士之後，奪過一匹戰馬，就追了出去！

徐真策馬而來，見韓復齊重傷，趕緊部署了一番，聽聞周滄單槍匹馬追擊敵人，拍髀怒嘆一聲，匆匆上馬就追了過去。

這突可力早已做足了準備，兵營之中的二三千人馬見首領歸來，紛紛出營集結，原來一營兵馬都是枕戈而眠，頓時往東面迂迴，投往蓋牟城。

突可力一聲令下，營寨的輜重全數丟下，人馬浩浩蕩蕩就奔馳而出，人喊馬嘶之時，卻見一將從後方追來，赫然是紅了眼的周滄。

「你們幾個，攔住這蠻子，免得攪亂了陣腳！」

突可力隨意一點，身邊十幾名親兵領命而出，拍馬朝周滄殺將過去。

周滄已然被憤怒沖昏了頭腦，拖著陌刀衝鋒過來，那些個親兵先射了一通白羽，周滄鬆開馬韁，雙手將陌刀揮舞得密不透風，羽箭根本就黏不住他的身子，雙方衝撞在一處，周滄陌刀如噬人的猛獸凶口，只一合就將對方兩名士兵砍翻落馬。

正欲再度衝擊，座下戰馬卻吃不住周滄的重量，前蹄一曲，將周滄翻下了馬兒來。

親兵們心中忌憚周滄勇武，如今周滄沒了戰馬，他們才湧起信心，潮水一般用來，四五桿長槍肆無忌憚的刺了過來！

周滄舞動陌刀，撥開長槍，上斬人頭，下砍馬腳，那剩餘的親兵圍著他團團轉，卻似狼群圍攻暴怒的大象，一時半會兒也無法拿下周滄，只能慢慢將周滄耗死。

這些親兵乃突可力的死士，死忠之極，又不惜命，心甘情願留下來殿後，本就視死如歸，奈何周滄發怒起來，卻如此駭人，他們也沒想到團團圍殺之下，居然拿周滄毫無辦法。

周滄念起韓復齊重傷，心頭暴怒不息，手中陌刀也不求章法，力量如潮水一般傾瀉出來，又斬落三名死士！

然而人力有窮時，周滄又被突可力的衝鋒撞傷了內裡，纏鬥了一番之後開始有些不支，被一名死士趁機偷襲，一槍刺在了大腿上。

「該死的叛徒！」

周滄嗷嗷怪叫著大罵，身子踉蹌跪下，敵人刀頭從他臉頰邊上劃過，命懸一線！

揮刀斬斷半截槍桿，周滄再度站起來，然而下盤不穩，後肩又被砍了一刀！

眼看著周滄就要被亂刀亂槍所殺，一陣隆隆蹄聲卻由遠而近，徐真如迅雷如疾電，人馬合一，就好像與夜色融合在一處了那般，倏然殺到！

徐真早已一肚子怒火，這些人叛亂也就罷了，居然還想暗殺李勣，這等委屈他又如何能忍！見得周滄被圍攻，更是怒火三千丈，為了便於追殺，他帶著神火營的元戎巨弩，此時扣動機括，十支連弩鐵箭矢如水般潑灑出去，敵人猝不及防，被徐真一箭一個。

剩餘的三四名親兵肝膽俱裂，第一次見識連弩威力的他們，當場被震懾住，徐真拍馬而至，手中長刀毫不留情就抹掉了一名敵人的頭顱，周滄忍著傷勢，暴起發難，二人合力將敵人全數斬首。

李勣調動之下，人馬轟然而至，可惜為時已晚，靺鞨部的人馬輕裝簡行，快馬如風，已經趁著夜色脫離了橫山的城防，投往蓋牟城，想要追擊也追不上了。

回到城中之後，諸人皆憤慨，而李勣卻哈哈大笑，坦然道：「此未嘗不是好事，若留靺鞨亂賊藏於軍中，待我軍攻城之際再以內應而發難，後果才真是不堪設想，此人有勇而無謀，到底是耐不住性子。」

諸多將士聞言，對大總管之胸襟謀略眼光無不嘆服，然徐真卻狐疑不已，這周滄為了袒護韓復齊，自認了違反軍律與韓復齊夜飲之罪，然而卻解釋不了韓復齊為何會打開城門，使得靺鞨首領突可力得以出城。

李勣自然也曉得其中蹊蹺，諸人又是有眼力的人，不待徐真開口，已經紛紛獻言，而其中竟然以張儉言辭最為激烈，一副痛心疾首之姿態，斷言韓復齊必定溝通了靺鞨亂賊，否則沒有調令，又怎會輕易開啟城門。諸人也都紛紛附議，李勣卻將目光投向了徐真這邊來。

如今韓復齊重傷，也只能等其甦醒過來，才能斷定事實真相，若他無法醒來，這案子也就斷了頭緒，罪責難免落到了韓復齊的頭上。

周滄生怕韓復齊受了冤屈，將夜飲之罪都扛了下來，見張儉如此指控，竟然硬著脖頸為韓復齊開脫。

偏偏張儉故作悲痛，一副大義滅親的模樣，聲色並茂，連眼淚兒都落了下來，感人肺腑，使人不得不感動於他的耿耿忠心。

徐真只說等韓復齊甦醒，這事情也就水落石出，一干人也就各自回去，李勣卻如何也睡不著，徹夜亮著燈，思索著軍事。

翌日，李勣於中軍大帳召集諸將士議事，決意對蓋牟城動兵，否則待靺鞨部將唐軍兵力和部署都交予高句麗，形勢就不容樂觀了。

此議得到了幾乎所有人的認同，諸人各自回去調動兵馬，而張儉卻悄悄來到了韓復齊的房中。看著奄奄一息的韓復齊，張儉不由落下眼淚來，他也是不得已而為之，本想趁機坑害徐真，卻讓自家妻弟落了難。

張儉之兄名大師，官居太僕卿、華州刺史，其弟延師，乃左衛大將軍，范陽郡公，性子謹小慎微，統領黃羽林軍二十餘年，未嘗有過，張儉兄弟三人門皆立戟，人稱「三戟張家」，此皆賴於長孫無忌之扶持與栽培，他張儉又豈能知恩不報？

然事情若敗露，他張儉的仕途非但到了頭，連性命都不一定能保住，所謂無毒不丈夫，他不得不將韓復齊推到了前面來。

他緊緊咬住下唇，從袍低抽出一柄短刃來，抵住了韓復齊的咽喉，顫聲道：「復齊，莫怪你家姑爺心狠，我也是迫於無奈，我張某人素來疼惜你，如今你生不如死，倒不如將恩情都報還予我罷！」

言畢，手中短刃就要刺下，可他的手卻劇烈顫抖起來，掙扎了許久，終於收了短刃，按了按韓復齊的肩頭，離開了房間。

張儉剛剛離開，韓復齊卻慢慢睜開雙眸，這位鐵血豪傑，眼中盡是失望和忿恨，默默流下來眼淚來。

他素知張儉聽命於長孫無忌，否則當初也不會對徐真下手，但他沒想到，在國家大義面前，這些人居然還被私仇和一些朝堂爭鬥蒙蔽了眼睛，這是他韓復齊鄙夷之極的事情。

或許經過此事，他韓復齊與張儉，也算是恩斷義絕了吧。

張儉回到府中，慕容寒竹已經在密室之中等著，見得後者雲淡風輕，張儉不禁緊皺眉頭，頗為不悅。

「崔先生貢獻的好計策！將我妻弟都搭了進去，如今居然還能笑得出來！」

面對張儉的嘲諷，慕容寒竹不以為然地輕笑，而後緩緩開口道：「某已經收到消息，聖駕不日將渡過遼水，張都督不若與大總管爭取一番，留下來迎接聖駕，有長孫無忌在聖人面前美言，張都督又有何心憂？」

張儉聞言，不喜反怒道：「先生這是教某做縮頭龜不成！我張儉雖不敢言勇，然一腔熱血猶未冷淡，這一切皆因徐真而起，不殺徐真，我張儉誓不為人！」

慕容寒竹微微一愣，表面上輕聲嘆息，心頭卻是暗喜不已。

五月末，遼東道行軍大總管李勣下令，大軍拔寨，進攻高句麗重地要塞，蓋牟城！

第一百七十三章

如龍唐軍大破蓋牟

高延壽和乙支納威坐鎮蓋牟城，斥候報稱西南方出現大股騎兵，二人慌忙整兵待戰，遙遙望見一支精銳，粗掃之下有二千餘，浩浩蕩蕩而來，高延壽以為是唐軍，下令全城戒備起來。

然而對方卻停在了二里開外，一員猛將插了角旗，單槍匹馬而來，充當使者。

高延壽壓下軍士，城下使者用高句麗語喊話，這邊才知曉原來是投誠的靺鞨部落軍，高延壽頓時大喜，卻又留了個心眼，只撤去一半城防，命突可力入城見面。

靺鞨一族初時有大小數十個部落，而後逐漸吞併，發展為粟末、白山、伯咄、安車骨、拂涅、號室、黑水等七大部，其中尤以北方黑水靺鞨最為強勁，其族或臣高句麗，或屈服於突厥，而後又附屬於大唐帝國，靺鞨白山、粟末諸部此時役屬於高句麗，是故當突可力來投降，高延壽並不懷疑其為詐降。

蓋因高延壽深諳靺鞨人的心性，而且突可力在靺鞨一族之中威望甚重，若得了突可力，必定能夠調用其他靺鞨部族的兵馬，一同抵禦大唐軍的進攻。

突可力將自己在大唐軍中不受重視的苦衷都說道出來，言語毫不掩飾對大唐的怨恨，高延壽當即表示，待突可力整合了高句麗境內所有靺鞨部落的軍力，就上表舉薦，讓突可力成為真正的高句麗耨薩。

突可力心頭大喜，拜於高延壽麾下，二千餘騎兵盡入蓋牟城，其素知大唐軍的戰略，此番投誠未能將李勣和徐真帶來，心中沒甚底氣，遂進言高延壽，聲稱唐軍必定趁機來打城。

高延壽和乙支納威等將領連忙升帳議論軍事，除了堅壁清野固守蓋牟城之外，還命突可力帶領本部騎兵伏於城池兩側密林之中，伺機而動，突襲大唐軍。

突可力也知曉這是高延壽要自己拿出投誠的決心來，沒有任何遲疑就帶兵出城埋伏，高延壽又撥付了軍糧物資，靺鞨兵欣然出城。

乙支納威和高延壽也不敢大意，將全城力量全部調動起來，民壯全數充軍守城，甚至於連民宅房屋都拆除，收集一切可用的資源，搬運到城頭以待命。

高延壽自覺民心可用，遼東方面派了八千餘人來協防，又得靺鞨部落兵相助，全城防守，不敢說收復橫山和玄菟兩城，把唐軍趕回遼西，起碼能保蓋牟城無憂，阻擋唐朝大軍的腳步。

到得六月初，斥候紛紛收縮回城，急報唐軍已經兵臨城下，營州都督、同為遼東道行軍總管的張儉率先領步卒六千來攻，行軍總管牛進達率二千騎兵兩翼護衛，又有四千餘高句麗反抗軍，由銀珠郡王高仁武領著，協助唐軍攻城，可謂聲勢浩大無匹。

高延壽和乙支納威登上蓋牟城頭，見得唐軍旗幟如林，人喊馬嘶，拋石車和撞車等攻城器械如怪獸一般緩緩而來，軍士呼喊蒼穹，腳步撼動大地，一股肅殺壓得人心頭沉悶又驚駭，早先積攢下來的自信就被驅散了大半。

張儉主動請戰雖出於私心，然見識如此軍容，不禁為自己身為一名唐將而自豪，一聲令下，弓箭手陣營在步卒的掩護之下，朝蓋牟城壓了過來。

高延壽和乙支納威沉著冷靜，連忙將盾牆豎立起來，守軍弓手紛紛就位，一時間白羽漫天，如瓢潑大雨一般落下，鐸鐸鐸插入木盾之中，高句麗城頭守軍多有中箭者，若非有盾牆防禦著，守軍在唐軍的羽箭壓制之下，根本抬不起頭來。

有著城池的依仗，守軍開始進行反擊，他們有著極為悠久的射箭歷史，尋常民眾都有一手好箭術，為了抵禦唐軍進攻，他們早就準備了足夠的竹箭，反擊的號角吹響之後，竹箭瘋狂傾瀉，唐軍步卒雖然有盾牌防禦，卻仍舊被一排排放倒，連後方的弓箭手陣營都受到了衝擊，自詡裝備精良的唐軍，在弓箭一項上居然落了下風。

張儉眼看步卒只能被動防禦，連忙催促拋石車和床弩，轟隆隆開過來之後，嘭嘭嘭發動，巨石和整根樹幹削尖而成的「大型箭矢」破空而去。

「轟轟轟！」

蓋牟城雖是高句麗要塞，然城池遠不如遼東城堅固，巨石轟擊之下，城垛和望樓紛紛倒塌，守軍但有中者，無不化為齏粉肉糜，巨石滾落城下，又砸死了不知多少守軍。

床弩發射出來的大型撞木如發怒的野牛衝進了滿是青苗的水稻田，所過之處無不血肉橫飛，遍地都是殘肢斷足和血水。

高句麗本是愚昧之地，並沒有能工巧匠可以造這樣的軍械，然而隋煬帝三次征遼，拋石車和床弩已經流傳到高句麗，蓋牟城類似的守城器械並不多，早已搬運到了城頭，奈何壓不住唐軍的威勢，巨石橫飛之間，寥寥無幾的拋石車已經被全部砸爛！

唐軍見得如此情景，士氣大振，戰鼓之聲沖霄震天，步卒們推著撞車，在拋石車和床弩，外加弓箭的壓制之下，開始嘶吼著向城門發動攻勢。

張儉一改怯懦，身先士卒，在親兵團的護衛之下，帶領步卒發動了衝鋒。

拋石車不斷轟擊城頭，守軍根本就抵擋不住，高延壽見唐軍黑壓壓湧過來，撞車勢不可擋，心裡也是緊張，傳令兵揮舞旗幟，埋伏於兩側的靺鞨騎兵轟然出動，突可力一馬當先，率軍衝擊唐軍的輜重和弓手陣營。

這一突襲讓唐軍頓時陣腳大亂，拋石車和床弩紛紛啞火，弓手陣營更是被一番衝殺，傷亡慘重，要命的是張儉的前軍被切斷了後路，圍困在城門與靺鞨騎兵之間。

沒有了弓手和拋石車床弩的壓制，城頭守軍發起狂來，滾石、檑木、箭雨狂瀑般潑下來，張儉的步軍遭遇致命的重創。

靺鞨與高句麗守軍士氣大振，突可力更是自信滿滿，心中充斥著報復的快感，靺鞨騎兵如猛虎入了幼羊群，左右衝突，斬首無數。

眼看著唐軍就要大敗，突然後方一聲炮響，左驍衛將軍徐真親率騎兵，如鋼鐵洪流一般沖刷過來，靺鞨騎兵哪裡架得住。

鞅鞨騎兵被沖散之後，張儉終於是脫了重圍，而神火營的弟兄們已經將十數門真武大將軍推到前方來，調整了炮口之後，沒有任何猶豫就開了炮。

「轟轟轟！」

蓋牟城的城牆在火炮的威力衝擊之下，如薄紙那般不堪一擊，大片大片城牆坍塌，如猛獸撕咬著肉片那般輕鬆。

真武大將軍的鐵彈輕易擊碎城門，唐軍再無阻隔，鞅鞨騎兵被衝殺一陣，簡直如洪水沖刷蟻流，行軍大總管李勣率領大軍加入戰團，突可力只能亡命而逃。

他剛剛衝出重圍，又被護衛兩翼的牛進達截殺了一番，無奈之下只能帶領數百殘兵，往遼東方向退走。

蓋牟城中，高延壽和乙支納威面若死色，他們第一次見識到真武大將軍的驚天動地威能，城中守軍更是近乎癲狂，見得徐真威風凜凜，此刻才想起徐真的另一個身份——燧洞殿的祭司，燧神使者，被稱為「燧氏蒙」的男人。

「罷了罷了！留得青山在不愁沒柴燒，咱們還是暫避鋒芒罷！」高延壽仰天長嘆，與乙支納威收拾殘兵，棄城而走，投往磨米城。

唐軍湧入城中，殺得守軍片甲不留，是役，唐軍攻陷蓋牟城，獲人口二萬餘，糧十萬石，又趁勝追擊，所向披靡，掩殺逃兵無數，三日後又蕩平了磨米城。

軍報傳回，聖上龍顏大悅，改蓋牟城為蓋州，下令犒賞三軍，聖駕渡過遼河，直奔蓋州而來。

聖駕渡過遼河之後，皇帝陛下終於踏上了高句麗的土地，他的內心澎湃激蕩，作為功蓋千秋的戎馬帝皇，他從未喪失過征伐蠻夷的雄心壯志，滅了突厥，蕩平吐谷渾，又征服了高昌，如今，他終於又開始了新的征服。

「來人，給我將遼水之上的橋樑全部拆除！今次不蕩平高句麗，誓不班師！」

聽聞聖上如此豪言壯語，六軍無不山呼海嘯，拆除了橋樑，一如破釜沉舟，軍心士氣一時間推到了巔峰之上。

與此同時，聖上還頒佈了一條令人震撼的詔令，那就是將剛剛提拔上來的遼東道行軍總管，左驍衛將軍徐真，提為遼東道行軍副大總管，頂替江夏郡王李道宗，協助大總管李勣統領征遼大軍。

長孫無忌駭然失色，心急著就要進諫，然而皇帝陛下剛剛才拆除了橋樑，斬斷了退路，使得軍心士氣如滔天烈焰一般，若自己此刻諫言，絕對會引發龍顏不悅，他終究還是沒能開口，大軍浩浩蕩蕩開往蓋州。

而受到了新任命之後，徐真本部人馬無不歡慶，李勣也是欣慰之極，二人短暫商議，只留部分人馬駐守蓋州，等待著迎接聖駕和引領後方大軍，剩下的人馬則從磨米城出發，直逼遼東城。

張儉雖然攻城失敗，然勇氣可嘉，又有長孫無忌幫忙進言，是故得以暫領蓋州都督之職，各自安民和籌措糧草不提。

有著真武大將軍開路，唐軍可謂所向披靡、無往不利，打得高句麗軍節節退敗，很快就將遼東城給圍困了起來。

這遼東城乃是高句麗人的驕傲，是前隋的恥辱碑，如今卻被大唐軍輕而易舉圍困了起來，大唐軍人人振奮，士氣如虹！

第一百七十四章

後方來人挑釁抓捕

遼東城早在秦漢已然建立，乃遼東第一城，彼時名曰襄平城，《孫子兵法》中有載：「東伐青帝，至於襄平。青帝即伏羲，乃東夷部落首領，此乃襄平之得名。」

秦統一六國之後，設立遼東郡，治所便在襄平，西漢所置遼東郡仍舊沿襲襄平為治所，到得西晉和前燕時屬平州，襄平由是改稱遼東城。

高延壽和乙支納威退守遼東，念及蓋牟城一戰之慘境，心頭急迫，忙派人求援，泉蓋蘇文因其有救女之功，遼東要塞有關係重大，故從國內城和新城抽調步騎軍馬來支援，竟達四萬之眾。

有了這四萬軍兵，高延壽和乙支納威才安下心來，鑒於真武大將軍火炮兇猛，他們進行了極具針對性的佈防，調動資源加固城池，由抽調精銳騎兵，與靺鞨騎兵殘部一同訓練，希望能夠衝破敵陣，搗毀唐軍的火炮護軍。

大唐軍營之中，諸人連戰連捷，士氣軍心可用，李勣坐鎮中軍大帳，升帳議事，徐真陪同，諸將群情激奮，紛紛請戰，彷如眼前不是無堅可摧的重鎮要塞，而是沉甸甸又唾手可得的軍功。

李勣反倒冷靜了許多，當年大隋征遼之時，他還是十七八的熱血兒郎，能夠感受到隋朝勞民傷財，只顧拓疆征伐，而不顧國內民生，以至於盜賊四起，民不聊生。

大隋征遼之時，他李勣，還是徐世績之時，趁著大隋征遼元氣大傷，與諸多豪傑揭竿舉事，抗擊隋煬暴政。

然他素知遼東之重，雖有真武大將軍這等攻城重器，卻並不敢有絲毫輕敵，畢竟對方再如何良莠不齊，那也是活生生的四萬軍馬，人數上的差距實在有些過大，若托大輕敵，對方依仗城池險要，勝負也猶未可知。

主帥遲疑未決，戰事再議，諸人也是一陣惋惜，小聲議論著退了出去。

見得大帳之中只剩徐真，李勣也是含笑問道：「真兒可知本帥之意？」

徐真雖然心中有些想法，但又不敢直言，眼珠子一轉，只是微微搖頭，故作不知，李勣卻看出了徐真眼中的狡黠，點了點徐真的額頭，笑罵道：「好你個奸猾的小子，總算是明白一些為官之道了！哈哈哈……」

徐真只是嘿嘿訕笑，心裡卻很感激李勣對自己的關照。

從踏入遼東區域開始，徐真就接連拿下圖壤、玄菟、横山、蓋牟、磨米城等五座城池，這份功勞可謂滔天那般的重大。

若再乘勝拿下遼東城，後方壓陣的大軍無半寸功勳，只落了作陪的結局，又有誰不恨他徐真？所謂功高蓋主，聖上如今已渡過了遼水，若聖上身邊那些大將沒有任何表現的機會，估計連聖上都會對徐真不滿了。

唐軍儲備充足，遼東城卻只能透過國內輸送補給，此消彼長，唐軍也不緩不急，一邊圍困著遼東城，一邊等到後面的援軍，軍營之中每日操練照常，高仁武的反抗軍也吸收了唐軍很多訓練之法，受益匪淺。

這日天晴，高惠甄與凱薩、張素靈幾個耐不住寂寞，換了高句麗的民服，偷出軍營去玩耍，背了長弓去打獵。

徐真放心不過，就讓左黯陪著出去，然而久久不見諸人回營，徐真心裡也是急躁，正準備出去尋找，左黯卻匆匆跑回來，身上居然帶了傷。

「主公，幾位姑娘讓人給抓起來了！」

徐真聞言，心頭大駭，這遼東城已經被圍困起來，難不成還能插翅飛出來不成！唐軍重重圍困之下，漫說探子斥候，連隻蒼蠅都飛不出來，居然還有人繞到後方來抓人！

左黯也是機靈，見徐真臉色，慌忙解釋道：「主公，幾位姑娘並非高句麗那邊的人抓的，而是讓大唐軍給拿了去！」

「什麼！混帳！何人敢抓我徐真的人！」

徐真當即火爆了起來，他素來能容忍，這一路晉升至左驍衛將軍，受過的排擠和陷害更是數不勝數，如今成了遼東道行軍副大總管，堂堂左驍衛將軍，居然還有人敢如此拿捏於他。

「帶我去！」

左黯見徐真取了長刀，慌忙在前面引路，放心不過，又跑去把周滄等紅甲十四衛給帶上，一行人策馬出了轅門，直奔事發之地而去。

且說高惠甄和凱薩、張素靈三人也是憤慨難當，這一支唐軍足有二千餘人，向來是從後方前來支援的唐軍，見高惠甄說高句麗語，幾個人又是高句麗民族服飾，遂將其當成高句麗人給拿了起來。

左黯兀自分辯，那些人卻不依不饒，雙方動起手來，居然狠下殺手，左黯不吃眼前虧，負傷逃了出去，慌忙向徐真報告，而高惠甄三人卻被抓到了軍營之中。

高惠甄自有王族的高貴氣息，凱薩充滿了成熟野性，張素靈純真動人，三人一入軍營，頓時引發騷亂，而這些唐兵也知情識趣，不敢擅自動手，將人兒都送到了左屯衛將軍張君義的營帳之中。

張君義一見三女姿色，頓時心旌蕩漾。

他本是戍衛長安的左衛將軍，張儉是他堂親兄弟，因跟隨侯君集大破高昌而立功，而後又見風使舵，檢舉侯君集謀反內幕，之後又輔佐李治，與李泰爭嫡，遂成為東宮心腹，被授太子左衛率，成了四品的重臣。

待得聖上御駕親征，太子李治將張君義派了出來，求了個左屯衛將軍，領兵建功。

這張君義本就是個好色之徒，到了前方就收到張儉的密信訴苦，聽聞徐真多有欺辱，心中早有怨恨，又得了長孫無忌的授意，遂向聖上請戰，馳援遼東。

聖上固知張君義乃太子近人，然他既選擇了李治，自當為李治培養一些武將，免得李治繼位之後無人可用，遂同意了張君義的請戰，命其領騎兵兩千來增援。

沒想到還未入得遼東城，上天就給他張君義送來了三名絕色大美人兒，又如何讓他張君義不動心？

張君義久離長安，不近女色多時，哪裡把持得住，就要上前來上下其手，然而凱薩和高惠甄三人無一不是剛烈貞潔之女，又有武藝在身，哪怕手腳被縛，又豈是張君義這等浪子所能沾染的。

張君義見無法貼近三女，就呼喊了親兵進來助陣，終於制服了三女，五花大綁，別有情趣，他心頭更是邪火熊熊！

正要享用，外面卻來人急報，說是前線來人了，要見軍營主管。

張君義頓時大怒，但又不好發作，只能悻悻著出了營帳，到了轅門外，果見十五六名騎士，大多披掛紅甲，引路者正是逃走了的小子。

一想到那小子傷了自己幾條人命，張君義臉上就火辣辣的難受，見得為首一將身長肩寬，又留了一副絡腮鬍，風塵滿身，心頭難免鄙夷。

「來者何人！」

張君義身子早已被酒色掏空，然而為了彰顯威儀，不得不提起精神來，指著來人叫起陣來。

徐真一看就知道這張君義是個好色無恥之徒，也懶得跟他廢話，直接發問道：「你是哪個將軍麾下？敢拿我的人！」

張君義一聽來人如此張狂，頓時來氣，他久居長安，欺霸慣了，哪個京城紈絝見了他不得服服帖帖，就連軍中那些行軍總管，諸如牛進達之流，都要好生巴結他。

來人一看就只是個落魄的軍官模樣，說不定是哪個將軍麾下的別將之屬，連親隨都不多帶幾個，可見不是什麼有背景的人物。

「你的人？這些可都是高句麗探子！她們若是你的人，那你就是高句麗斥候的頭子！我非但要拿她們，還要拿了你！」

張君義跳腳罵道，身後彙聚起來的唐兵已經按捺不住，紛紛抽刀，雙方一時間劍拔弩張。

徐真心頭憤怒，在自己的地盤上，居然還有人不開眼敢抓自己的女人，是可忍孰不可忍！

「我今日就要看看，誰敢拿我！」

徐真鏘然抽刀，周滄幾個嚴陣以待，一股久經生死沙場的殺氣頓時瀰散開來，張君義身後的軍兵不由自主被逼退了兩步。

「還楞著幹什麼！都給我拿下！拿下！」

張君義一巴掌抽在親兵旅帥的臉上，後者面色頓時猙獰，一揮手，數十親兵洶湧了上來。

徐真拍馬而至，長刀揮灑出去，也是儘量不殺只傷，磕飛軍士手中兵刃，用刀背將對方敲暈罷了。

周滄也是照搬主公章法，數十親兵居然沒能奈何得了眾人，反倒被打昏了一地。

張君義哪裡受過這等委屈，一揮手，轅門四周上百軍士統統圍攏起來，他們雖不知徐真身份，但確定徐真等人乃大唐軍士，也不敢傷了性命，只用絆馬索等物將徐真等人逼落了馬背，而後用捕網等，將徐真等一行人拿了下來。

這徐真幾個也是勇武之人，雖然被擒拿，但地上已經躺滿了受傷的唐兵，若非徐真幾個留手，早已血流成河。

他本想對張君義表明身份，然而見其倨傲無人，毫無軍紀，徐真也將自己的身份隱了不說，好教李勣好生敲打敲打這目中無人的張君義。

被徐真等人這麼一鬧，張君義也興奮不起來，解押著徐真等人，拔寨而行，往遼東城而去。

見凱薩幾個安然無事，徐真也是鬆了一口氣，任由對方押往遼東城。

而張君義雖然在長安見過徐真一兩次，但並未有過任何交集，徐真外出征戰久矣，沾染了沙場氣息，又蓄了一副大鬍子，他自然是認不出來，心裡喜滋滋的想著，抓了徐真這幾個不長眼的東西，正好給他張君義助長威信，好教前線這些人知道，他張君義乃太子的人，是不好惹的。

第一百七十五章
遼東城下針鋒相對

張君義也是飛揚跋扈慣了，在長安都能作威作福，到了前線越發不可收拾，且不說他不知曉徐真身份，就算知曉了，也只故作不知，正好趁機打擊一下徐真。

一行騎兵在左屯衛將軍張君義的帶領之下，押著徐真等人，浩浩蕩蕩到了遼東城下。

且說徐真急匆匆出去救人，連帶將周滄等一十四衛全數帶了出去，眼看著近了暮色，卻不見回來，謝安廷和薛仁貴幾個就急了，帶了一隊人馬正準備出去尋人，正好撞到了等待入城的張君義。

這張君義乃東宮的親信人物，李勣雖為太子詹事，然誰都知道他和長孫無忌並不對盤，聖上大概也是不太放心長孫無忌，這才將李勣放在太子詹事的位置上，也要壓制一下長孫無忌，中間還加了個年邁的高士廉擔當緩衝。

軍中武將並非全都是只顧殺敵的莽夫，深知朝堂縱橫的重要性，是故一干親近太子和長孫無忌的武將們，早早就守候在了城門口。

張君義見迎接自己的都是軍中精英，面子上也覺得光彩，遂將押送徐真等人的囚車都推到了前面來，如同戰利品一般炫耀，心裡還想著，若是行軍大總管李勣親自來迎接，那就更加完美了，畢竟他這一次可是奉了聖命來支援前線的，那可是代表著當今聖上咧！

豈不知諸人起初還不覺有異，待得囚車走進了，辨認出是徐真，頓時駭然失色，完全不顧禮儀，默默地就從城門撤了回去，一時半會間居然走了大半，見了張君義如同見了瘟神一般。

這還了得，徐真是何許人也，新晉左驍衛將軍，遼東道行軍副大總管，接替了江夏郡王李道宗的位置，可以說，整個前線出了英國公李勣，就屬他徐真最大了！

張君義雖然同樣是十六府衛將軍，可這等長安紈絝，又如何能與徐真相提並論，後者可是只用了不到兩年時間就從一個籍籍無名爬到軍中二當家的位置。

見得諸人退避，張君義也是迷惑不解，雖說平日跋扈慣了，但他張君義也不是個蠢人，不由朝徐真投去了一個目光，卻見得後者盤坐於囚車之中，自顧閉目養神，泰然不驚，頗具風格，這就更讓張君義氣憤了！

「明明就是個低等軍校，盡在本將軍眼皮底下裝神弄鬼！」

張君義沒好氣地罵了一通，徐真幾個人傷了他許多手下，拿下徐真等人之後，張君義也沒有留手，將徐真等人好生暴打了一頓，尤為解氣，如今關在囚車之中，就是要豎立自己的軍中威信，好讓這些人知曉，不是什麼阿貓阿狗都能夠隨便冒犯衝撞他堂堂左屯衛將軍的。

「老子可是聖上欽點的將軍啊！」張君義心中如是想著，也不再理會這些人，而是指揮騎兵們入城。

然而隊伍剛剛開動，他卻發現城門下湧出一隊兵馬來，為首者一字排開，個個身穿別將以上的軍甲，身後軍馬更是殺氣騰騰，壓得人心頭不禁噗噗亂跳。

薛仁貴、謝安廷、秦廣、薛大義、胤宗和高賀術，這些都是徐真手下的親信人馬，出來磨礪了如此長久的時間，見慣了戰爭廝殺，人人養出一身的殺戮之氣，雖引而不發，卻已然讓人心驚膽顫！

這些人都已經成為了獨當一面的人物，隨便放一個出來都能夠獨立領軍殺敵，如今聚集在一起，再加上身後神火營等徐真本部人馬的威勢，早把張君義身後那二千沒見過血腥世面的新兵嚇住了。

這些個新兵都是張君義從長安帶來的親兵，鮮衣怒馬看門護院裝模作樣還可以，真要上了戰場也就不堪大用，感受到薛仁貴等百戰悍將的凶威，哪裡敢前進半步。

張君義也是心虛，但好歹是個將軍，派頭十足就拍馬上前來，色厲內荏地指著薛仁貴等人就斥責道：「爾等何人！居然敢阻攔本將入城，還不快快滾開！」

謝安廷和薛仁貴都是有禮有節的人，不似周滄那般魯莽，若是平素裡，勢必會詢問個清楚，可如今自家主公狼狽不堪地被鎖在囚車之中，如同豬狗一般對待，他們又豈能容忍。

諸多弟兄見主公被囚，早已義憤填膺，紛紛拔刀而起，薛仁貴從背後抽出雙戟來，指著張君義，聲音冰冷得如擲地有聲的寒鐵：「不管你是哪一衛府的將軍，即可放了我家主公，否則……」

薛仁貴還未說完，張君義就火爆了起來，齜牙咧嘴地罵道：「否則個甚！也不睜開狗眼看看本將軍是誰！觸犯長官，本將軍連你們一起拿了起來！」

謝安廷憤而出列，朗聲叱道：「你可知囚車裡的是誰？那是我遼東道行軍副大總管，左驍衛將軍徐真！」

張君義聞言，心頭暴怒，這好死不死，果就是徐真。

然而他囂張脾氣上來了，下意識摸了摸胸口，觸及到口袋所藏之物，又有了無窮無盡的底氣，暴怒道：「如果他是行軍副大總管，老子就是大總管！本將軍今日就要看看，誰他娘的敢阻擋老子入城！」

張君義勃然大怒，手底下的人紛紛抽刀，一番人喊馬嘶，就要硬闖入城。

薛仁貴等自是不甘示弱，眼看著雙方劍拔弩張，一觸即發之際，城頭卻傳來一道暴雷一般的呵斥。

「你是大總管，那本公又是何人！」

張君義下意識就要反駁，可抬頭一看，卻頓時驚呆了！

因為城頭之上說話的不是別人，正是此次征遼的主帥，行軍大總管李勣是也！

這李勣也不知何時來到了城頭，他深諳聖上心意，此番讓張君義前來，斷然不是為了增援，而是為了開路，因為聖上要親臨遼東城了。

在如此關鍵之時，他自然不希望聖上看到自己的軍營烏煙瘴氣，是故也只想著息事寧人，然而沒想到這張君義居然張揚跋扈到了如此地步。

他李勣素來清楚為官之道，這十幾年來也並未在朝堂之上與人爭風，只是做個韜光養晦的溫潤人兒，沒想到這不長眼的小輩居然也敢如此放肆，他堂堂大總管的威儀又該如何自處。

張君義知曉自己觸犯了大總管，慌忙勒住了人馬，滾鞍落馬，低頭等待李勣走出城來，冷汗早已濕透了後背，對徐真更是恨之入骨。

「這徐真是故意隱瞞身份，好讓我在李勣面前丟人現眼的了。」張君義惡狠狠的想到，而李勣已經走了過來，指著囚車就斥道：「這是怎麼回事？我遼東道行軍副大總管怎麼會在你的囚車裡。」

張君義咬牙忍下這口氣，心裡早已將李勣罵了千百遍，口頭上卻是將事情顛倒黑白，添油加醋地陳述了一遍，徐真反倒成了目無軍紀的匪兵。

「你胡說！」張素靈性子耿直，最受不得這等空口白牙誣陷好人的惡徒，更氣憤這張君義惡人先告狀，當即將事情始末都說了一遍，凱薩和高惠甄卻是冷漠得如冰雕一般。

李勣清楚徐真的為人，若非事情緊迫，他也不會魯莽出手，他李勣對長安城中的貴胄瞭若指掌，對張君義的惡名也早有所聞，事情到了這個地步，他再看不出真相的話，這幾十年也就白活了。

他也沒想到，自己辛辛苦苦養了十幾年的好脾氣，居然被張君義這麼個不知天高地厚的小子給壞了，本來上了遼東戰場，就已經激起了他年輕時候的熱血，今番也就無須再忍了，當即朝張君義下令道。

「誰綁的人，誰給我放出來。」

此話雖然霸道，但這遼東戰場，在聖上沒有親臨之前，李勣可不就是最大的一把手了麼，誰敢不從命？

張君義臉色滾燙通紅，就好像剛剛煮熟的蝦子螃蟹，暗自咬碎鋼牙，只能忍辱給徐真等人打開了囚籠。

徐真面無表情，活動了一下發麻的手腕，猝不及防就是一巴掌，直接將張君義打趴在了地上，後者一摸嘴巴，牙齒都掉了幾顆，跳起身來就要抽刀，又被徐真一腳踢飛了出去。

「我也懶得跟你計較，身為軍中將領，居然強搶女人，欺壓同袍，也就是遇到了我，若換了別人，豈非讓你凌辱到底了！」

李勣見得徐真如此衝動，眉頭也是皺了起來，這張君義雖然囂張跋扈，又目中無人，但到底是聖上欽點的人物，如此不給他臉色，難免引起聖上不悅，他可以不在乎太子的感受，但不得不在乎聖上的感受啊……

然而張君義卻是再次爬起來，從懷中掏出一個黃絹卷軸來，平舉於胸，四面展示了一圈，高高昂起頭顱來，狠聲怒道。

「聖上有敕在此，全都給我跪下接領旨意。」

李勣一看那制書，心頭不由暗道，難怪此子如此張揚，原來果真帶了制書，聖上應該已經開始啟程前來遼東城督戰了……

好在他李勣警醒，沒有即刻發動對遼東城的攻勢，否則豈非搶了聖上的功勞？

當年隋煬帝就是敗在了身後的遼東城，當今聖上恩威揚四海，神武鎮八荒，又怎會錯失親征遼東的時機，此令必是讓前線暫緩攻勢，待聖上親臨再發動戰爭了。

薛仁貴等人畢竟不是徐真，見張君義身後軍士全部落馬下跪，他們也不敢造次，全場瞬間就只剩下張君義、徐真和李勣仍舊站著。

徐真雙目通紅，一想到要對張君義下跪，心頭憤怒到了極致，然而又不能抗命不尊，牙齒咬得咯咯直響，張君義卻高昂著頭顱，如同戰勝了的雄雞。

關鍵時刻，李勣卻走到張君義的面前來，劈手就奪過了詔令，轉身回城，臨了只留下一句話：「你的人馬就在城外駐紮下來吧。」

他李勣是什麼人，漫說接個詔令，就是面聖之時都有賜坐的待遇，這張君義果真是不知天高地厚。

第一百七十六章

御駕親征攻城掠地

李勣回了府之後，心裡也有所顧慮，雖然當今聖上賢明，但也經不住佞臣整日挑唆，否則也不會有張蘊古的錯案，人非聖賢，聖上也是有血有肉，也正因此，他李勣才明哲保身，凡事恭謙低調。

然而今日之事，他確實有些衝動，這是十幾年來從未有過之事，或許他真的將徐真當成了自己的得意門生，見不得徐真被張君義這樣的小人折辱吧。

攤開詔令一看，李勣不由苦笑，果真如他所料，聖上派了張君義前來，並非為了增援，而是帶來命令，讓前線按兵不動，等待大軍匯合之後，再攻打遼東城。

好在自己揣測先得聖意，否則哪怕真將遼東城打了下來，估計也討不到聖上的歡心了。

對於徐真之事，他並不需要太多詢問，就能夠得出事情的真相來，見徐真主動上門請罪，他也是很欣慰，總算沒有白費自己替徐真出頭。

以張君義這等性格，今日之事必定會傳到聖上的耳中，如此一來，他也有些擔心聖上會對自己產生不必要的猜忌。

果不其然，過得六七日，六軍浩浩蕩蕩而來，聖駕親臨遼東城下督戰，第一時間召見了前線的將領們，對牛進達等數名行軍總管多有褒獎撫慰，獨獨不提李勣和徐真之名。

徐真難免失望，人都說君心難測，想來也是如此，這一路攻城拔寨，徐真本部人馬可謂屢戰屢勝，無往而不利，可聖上親臨，卻未曾對徐真本部有過獎勉激勵，又如何讓人甘心？

與徐真不同，李勣對此卻看得十分通透，聖上又豈會不知張君義的為人？可他還是將張君義派了過來，只能說是對李勣的一個敲打，與張君義本身並無關係。

念及此處，李勣心頭有種不太好的預感，竟對張君義有著一種憐憫。

六月中旬，聖上正是下令，展開了對遼東城的攻勢！

行軍大總管、英國公李勣率領契丹、奚等部族僕從軍馬，攻擊遼東城南面，行軍副大總管徐真、第一軍總管虢國公張士貴等，率軍攻打西面，前軍大總管夔國公劉弘基等，則負責填壕溝陷阱，堆積攻城所用魚梁道。

鄂國公尉遲敬德因為年老體衰，不宜上戰場，留在後方調度金鼓令旗等，聖上親臨戰場，擂鼓助陣，唐軍士氣大振！

這張士貴乃大唐名將，自幼習武，善騎射，膂力過人，能彎一百五十斤的重弓，左右齊射而無空發，一生戎馬，戰功赫赫，如今官居右屯衛大將軍，比徐真這個左驍衛將軍高出不止一星半點。

徐真素聞張士貴心胸狹窄，又知曉自己資歷尚淺，怕不能服眾，是故對張士貴多有尊敬，後者卻不以為意，但言徐真乃副大總管，一切皆聽從徐真號令。

徐真本部神火營準備就緒，聖上似乎有些不放心，又讓張君義率領騎兵在徐真部後方壓陣。

遼東城中早已全城戒備，為了防禦真武大將軍這等火炮，他們早已加固了城頭，又在城樓上造起石木戰樓，以抵禦唐軍的拋石車、床弩和火炮等。

徐真一聲令下，神火營推動真武大將軍，進入射程之後就轟然開炮，城頭上那些戰樓和望樓根本就抵擋不住，鐵彈如流星隕落一般轟下去，戰樓和望樓頓時四分五裂，樓上的軍士還未摔落下來就已經化為肉糜血沫。

有了火炮的掩護，輔兵和民壯開始搬運砂石泥土，築造寬大的魚梁道，不斷往前推動，斜坡緩緩而上，就要造出一條通往城頭的坦途。

高延壽經歷過隋朝征遼，知曉魚梁道一旦架設成功，唐軍從魚梁道湧入城中，遼東城也就徹底完蛋，是故命弓手拚命射擊，箭雨漫天遍地，民壯和輔兵根本就沒辦法再前進。

然而為了阻擊魚梁道的建造，高句麗方面也付出了慘痛的代價，諸多守軍紛紛被唐軍的遠程軍械砸成爛泥，死無全屍，慘不忍睹。

高句麗新城和國內城調集過來的四萬軍兵可謂眾志成城，在戰樓和望樓被轟塌之後，紛紛登上牆頭來，非但用人牆防禦，反而展現出主動求戰的姿態來，一時間竟然軍心士氣大振。

徐真見魚梁道無法往前推動，乾脆讓民壯和輔兵們將砂石泥土全部堆積起來，在遼東城西面築起了一座土山，再借助土山的掩護，朝城內發動遠程攻擊。
如此激戰了足足三天，那土山越堆越高，最後都快要高過遼東城的城牆了，站在土山之上，甚至能夠看到遼東城內的人物和景況。
高延壽見得土山如此高壯，生怕有變，慌忙調動遼東城中的守軍，對土山發動密集的羽箭攻擊，更是將城中為數不多的拋石車全數調到了西門來。
徐真不得不將本部人馬收縮回來，然而民壯和輔兵的屍體卻留了一地，後方壓陣的張君義貪功冒進，率領軍士就往土山上衝擊，卻被高句麗守軍打得灰溜溜退了回來。
面對這等情勢，徐真當機立斷，命神火營掉轉炮口，朝土山轟擊了一通，一時間山搖地動，土山轟然倒塌下去，竟然將城牆都給壓塌了一大片缺口！
張士貴和徐真見狀，頓時大喜，指揮騎兵和步卒發動猛烈的進攻，而高延壽和乙支納威則糾集了城中大半軍力，與徐張二人的軍馬混戰在一處！
這一戰從天亮一直打到天黑，雙方死傷慘重，屍體遍地，血流成河，人喊馬嘶，哀嚎遍野，空氣中都是濃郁到化不開的血腥味。
遼東城中守軍畢竟佔據了人數優勢，城中人民又是萬眾一心，雖然裝備不行，但卻敢於獻身，用密密麻麻的人命來填堵缺口，竟然跟徐真張士貴拼了個不相上下。
眼看著戰局膠著，徐真親冒箭矢刀槍，殺敵無數，薛仁貴和謝安廷、周滄等一干猛將更是讓敵人的鮮血浸濕全身上下。

若此時張君義率後軍來增援，必定能夠衝殺入城，攻下遼東城！

然而此人早在土山之戰的時候，被高句麗人嚇破了膽子，領軍衝鋒了一陣之後，居然退敗了下來。

親自擂鼓督戰的李世民見得張君義不戰而退，勃然大怒，命左右取來戰馬刀弓，率領五千玄甲精騎，親自衝入戰陣之中，支援徐真和張士貴。

西面因為有著徐真的神火營壓制，攻城進度最快，又有土山之功，打開了缺口，諸軍將士見聖上親身涉險，個個視死如歸，湧入城中就是瘋狂的屠殺。

其時即將入夜，大刮南風，李勣善用天時地利，命弓箭手陣營發射火箭，盡焚西南戰樓和望樓，風助火勢，一路延燒到城中，李勣與牛進達等猛將，率軍衝鋒，終於湧入遼東城之中。

這一夜一直殺到天亮，兵士的長刀都被敵人的骨頭磨得滾燙，人人殺紅了眼，遼東城中到處是屍骸鮮血與火海，單單被燒死者就已經接近萬數，斬首更是數不勝數。

翌日中午，唐軍終於拿下遼東城，是役俘虜高句麗士兵上萬，得戶口四萬人，糧五十萬石，牲口物資不計其數，聖上親身殺敵，喜不自禁，改遼東城為遼州。

這座前朝皇帝兩次三番折戟沉沙的遼東鐵城，終於被大唐皇帝陛下踐踏在了腳下。

大戰之後，自是安撫民眾，重建城市，聖上獎功罰過，張君義因臨陣退縮，被聖上當場處決，其麾下軍馬，盡歸徐真收編。

直到此時，徐真才感受到師父李勣的言中之意，天心難測，為人臣者，果真是伴君如伴虎矣！

遼東城失守，高句麗傷亡慘重，高延壽和乙支納威敗走白岩城，唐軍一鼓作氣，掩殺到白岩城下，仍舊由英國公李勣主持指揮，唐軍士氣如龍，對白岩城又是一陣狂風驟雨般的進攻！時有右衛大將軍、突厥舊人阿史那思摩，被賜姓李，能征善戰，與契苾何力等一般，受到聖上的恩澤垂愛，遂請戰攻城。

白岩城軍民拚死抵抗，李思摩不幸中箭，聖上心頭疼惜，竟親自為李思摩吸血療傷，唐軍由是士氣大振。

然而白岩城依山臨水，極難攻克，僵持了大半個月，居然未能攻破城池！

其時高延壽和乙支納威已經退出白岩城，往安市城求援，城中防守皆由城主孫代音主持。此人乃榮留王舊部，素來親近大唐，徐真遂獻計於聖上，遣銀珠郡王高仁武入城勸降，孫代音見高仁武之後，終於獻城投降，唐國俘獲男女一萬餘人，剩兵二千四百餘，聖上改白岩城為岩州，仍授孫代音為岩州刺史。

遼東與白岩城相繼陷落，高句麗國內震撼難平，平壤道行軍大總管張亮所率領的水軍也在不斷施壓，高句麗國內人心惶惶，不可終日。

泉蓋蘇文不得不暫緩對新羅的攻擊，收攏了兵馬，聯合靺鞨兵馬，共計一十五萬，馳援安市城。

這安市城地勢易守難攻，不比遼東城輕鬆，城主楊萬春更是機智果敢，彼時泉蓋蘇文攝政，楊萬春拒絕承認泉蓋蘇文權勢，後者曾發兵攻打安市城，卻無功而返，只能讓楊萬春繼續節度安市城。

聖上自覺安市城不易攻取，遂打算先攻佔較為容易的建安城，只需拿下南面的建安城，安市城自是不攻而破，然大總管李勣卻極力反對，蓋因若放棄安市城，而改為攻打建安城，高句麗方面就會奇兵突襲，切斷唐軍從遼東的補給線，而是唐軍陷入被動的局面。

一番商討之後，聖上始終決定先圍攻安市城。

徐真知曉這一消息之後，不禁心頭狂喜，因為根據史料記載此戰，正是大唐貞觀末名將，薛仁貴的成名之戰！

第一百七十七章

駐蹕血戰薛禮揚名

張君義被處決，對於長孫無忌而言是一種警醒，說明聖上已經對自己產生了警惕，何嘗不是一種敲山震虎？

長孫無忌是何等人也，既已察覺到這一絲危機，當然不能任其發展下去，是故在聖上部署作戰計畫之時，這位當朝司徒、趙國公爺長孫無忌，主動請戰了。

聖上自然清楚他那點小心思，既然他有心表態，聖上也不會阻攔，由是下令，行軍大總管李勣率左驍衛將軍徐真和虢國公張士貴等馬步軍十四總管，領步騎一萬五千人於安市城西嶺立陣迎敵。

趙國公長孫無忌則率領牛進達等馬步軍二十六總管，以及一萬一千精兵，埋伏於山北，以充奇兵。

聖上親自帶領騎兵四千，潛伏於敵營北山之上。

高延壽和乙支納威，以及安市城耨薩高惠真掌控十五萬兵馬，又豈會懼怕唐軍，這一路被唐軍攻城掠地，高延壽和乙支納威早已怨恨難當，如今大軍在手，當即領兵迎敵。

李勣深諳兵法精髓，見敵軍勢大，遂命一萬長槍兵擋在前方，儘量吸引火力，而信心滿滿的高延壽和高惠真見唐軍示弱，當即領了騎兵來衝鋒。

唐軍陸地兵力五萬餘人，一路征伐損傷也不少，除開傷殘和技術及後勤兵種，也就剩下二萬五的戰力，海上四萬水軍雖然傷亡不大，但陸地上以二萬五的兵力，對陣安市城的十五萬人，差距實在太過懸殊，任是唐軍裝備精良，訓練有素，也架不住對方人多。

這長槍兵就是為了克制騎兵所設置，然而高延壽和高惠真並不忌憚，率四個縱隊出擊，每隊五千人，如四把鋒銳的尖刀，又如四條黑龍一般衝入唐軍之中。

唐軍死死守住陣型，大盾豎起如鋼鐵城牆，長槍林立如刺蝟，高句麗這邊的騎兵如卵擊石，戰馬衝撞到層層疊疊的盾陣之上，就好像撞在了銅牆鐵壁之上，而馬背上的騎士則被長槍穿透，如糖葫蘆一般。

高句麗軍缺少鎧甲，又用得是竹槍，哪裡比得上唐軍的長槍長槊，一番衝鋒居然無法撼動唐軍的大陣。

由於雙方相互衝陣，徐真的神火營也發揮不了太多作用，有恩師李勣坐鎮中軍，徐真率領本部兵馬，遊弋於中軍大陣的兩翼，瘋狂屠戮，蠶食著敵軍的陣型，如同豺狼啃大象一般。

埋伏於山北的長孫無忌求功心切，見李勣和徐真的大陣悍然不動，遂率領牛進達等行軍總管的一萬多兵馬，如鋼鐵山洪一般傾瀉下來，撞入高句麗軍的後部。

聖上見敵軍被衝散，親率四千騎兵從北山上衝殺下來，三面夾擊之下，十五萬高句麗軍居然被衝擊崩潰，陣形大亂，被分割成無數個小方陣，人人肝膽俱裂，各自求生，唐軍士氣大振，瘋狂屠戮。

當今聖上騎射無雙，最擅箭術，大羽箭更是一門獨創，民間更是流傳著當今聖上雀屏中選的佳話，文德聖皇后的父親長孫晟乃一箭雙雕的神射手，而高祖李淵家傳神箭之術，聖人正是通過了長孫晟的箭術考比，才成功贏得了文德聖皇后的芳心。

此時聖上親臨戰陣，座下神駒颯露紫如風如電，聖上左右開弓，白羽破空尖嘯，敵將無不應聲落馬，待得兩軍衝撞，聖上收了弓箭，抽出雙刀來浴血奮戰！

李勣生怕聖上有失，命徐真率本部來護衛，徐真一柄長刀在手，衝殺入敵陣之中，左右衝突如入無人之境，聖上見徐真驍勇，只是冷笑一聲，不甘示弱，雙刀上下翻飛，手殺數十人，兩刀皆缺，流血滿袖，二人並肩而戰，酣暢淋漓！

高延壽和高惠真一直鎮壓著大軍，沒想到居然被唐軍一舉衝潰，然而仗著人多，他們也並未慌亂，可手下潰軍卻如何都調動不起來，只能眼睜睜看著大軍被唐軍大肆掩殺。

緊要關頭，後方壓陣的乙支納威率領一千精銳騎兵趕到，也不衝擊李勣的步卒，而是看準了時機，朝李世民這邊衝殺了過來。

不得不說，乙支納威的戰場嗅覺異常靈敏，他們甚至於不管己方軍士的性命，踐踏著軍陣之中的亂兵，也要殺過來，勢必要將大唐皇帝陛下給殺死。

關鍵時刻，徐真自然以保護聖上為重，然而李世民殺出了雄心豪情，根本就不願退縮，眼看著乙支納威的騎兵就要到了，斜裡卻又殺出一彪兵馬，卻是高仁武所帶領的高句麗反抗軍！

這一支反抗軍乃是高仁武麾下的精銳，裝備的都是唐軍的衣甲兵刃，與乙支納威的騎兵不遑多讓，雙方頓時衝撞在了一處。

大唐左武衛將軍王君愕生怕聖上有失，從軍陣之中衝殺出來，與乙支納威纏鬥於一處，卻中了一支暗箭，被乙支納威一刀梟首。

乙支納威向來對徐真恨之入骨，然而此時徐真緊隨聖上左右，充當護衛，乙支納威根本就無法靠近，情急之下，他只得砍殺出一條血路來，取下背後長弓，朝大唐皇帝放了一支冷箭。

李世民被激起了年輕時的熱血，正殺得興起，哪裡察覺到乙支納威的異動，然而他久經沙場，見慣了生死，刀劍都要避著他走，出於本能，內心頓時湧起一股極為濃烈的危機感，扭頭看時，乙支納威已經鬆開了弓弦。

「咻！」

羽箭破空而來，李世民雙瞳收縮如針眼，全身汗毛倒立，眼看這一箭避不可避，左肩卻突然傳來一股巨大的衝擊力，將他硬生生撞下了馬背。

李世民心頭大駭，正要舉起雙刀來，卻發現自己身上之人，正是徐真！

「聖人可無礙？」

徐真奮勇殺敵，滿身滿臉都是血跡，一柄長刀都被敵人的熱血燒得滾燙，如今面帶關切地問候李世民，李世民心頭不禁湧起一股濃濃的暖意，從他年少上戰場開始，就有眾多死忠替他擋刀擋劍擋死，如今後方的老將劉弘基和尉遲敬德，已逝的秦叔寶等人，都是他身邊最踏實的護衛，時至今日，這些人已經老的老死的死，值得慶幸的是，現在又多了一個徐真。

李世民正要回答，徐真卻閉上了雙眸，李世民慌忙起身，卻見徐真後心上插著半截白羽。

諸將士見聖上落馬，紛紛拚死，高延壽和高惠真無可奈何，只能帶著殘兵撤退，李勣和長孫無忌率領大軍追擊掩殺，將高句麗軍趕到了北山。

北山乃安市城的險要，高延壽和高惠真依山自保，唐軍也無能為力，打死掩殺了一陣之後，也就鳴金收兵了。

此役唐軍三面夾擊，高句麗傷亡慘重，被斬首二萬餘級，傷者更是不可計數。

然而高句麗這邊士氣並未因此而低迷，因為乙支家族的英雄，居然將大唐皇帝射落了馬下。此消息很快就傳遍了整個高句麗，道聽塗說又添油加醋，以訛傳訛之下，幾乎每個高句麗人都在傳頌著這件事，又過了幾天，再次傳來確切的消息，說是大唐皇帝陛下被射瞎了一隻眼睛。

被唐軍圍困在北山之下的高句麗大軍原本戰意全無，士氣低迷，人心惶惶，聽得此消息之後頓時群情振奮，軍心可用，又有了一戰之力。

李世民收兵紮下營寨，親自將徐真背負到營帳之中，又命徐真本部隨軍醫官來療傷，孫思邈的弟子劉神威這兩年一直跟隨徐真左右，取出銀白利刃來，駕輕就熟就將暗箭取了出來，好在箭頭上並未淬毒，又未傷及內腑要害，聖上才安心下來。

此役雖大勝，然聖上險遭暗算，諸將領也是心中戚戚，李勣等人當即提議，強攻北山，斬盡敵人，報仇雪恨，然而聖上卻只讓他們將北山圍困起來。

長孫無忌不明所以，遂斗膽想問，李世民卻只是淡淡地回到：「朕要等徐卿復原，與徐卿一同蕩平北山！」

長孫無忌聞言，心頭多有不悅，但並不敢多加諫言。

過得數日，徐真傷勢有所好轉，聖上即將自己的戰馬賜給了徐真。

聖上出身兵戎，又擅騎射，對戰馬尤為癡迷，其時有六匹神駒，名為「昭陵六駿」，分別名叫颯露紫、拳毛騧、青騅、什伐赤、特勒驃和白蹄烏，為表彰徐真功績，聖上將青騅賜予了徐真，長孫無忌更是妒恨。

這北山本是聖上率騎兵埋伏之地，是故聖上將此山名為駐蹕山，決意過得幾天，徐真傷癒之後，就強攻駐蹕山！

七月中，唐軍大舉發兵，雙方士氣旗鼓相當，紛紛拚死，大唐人人如龍似虎，放肆衝殺，郎將劉君邛率兵衝入敵陣之中，卻被重重圍攻，求出不得，更是無人能救！

眼看著這一支千人對就要被吞掉，徐真心頭大怒，率兵解圍，卻被乙支納威帶兵來截殺，仇人見面分外眼紅，徐真長刀在手，與乙支納威纏鬥在一處，雙方兵馬展開混戰，血流成河。

薛仁貴眼看劉君邛兵馬慘遭屠戮，憤而衝突到敵陣之中，左右各持一戟，白衣白甲，殺了個通透，高句麗一渠帥來擋，卻被薛仁貴一合斬落馬下，梟首之後，將頭顱懸掛於馬上，四處衝殺，無人能擋！

高句麗軍見薛仁貴如此神勇，駭然失色，人人膽寒，而乙支納威察覺到後方有變，頓時失了神，露出破綻來，被徐真一刀斬落，徐真抄起一桿角旗，將乙支納威的頭顱插在旗幟之上，於戰場之上四處咆哮高喊，高句麗不得不撤軍。

此戰過後，薛仁貴揚名唐軍，聖上更是親自接見了薛仁貴，將自己的一張弓贈給了他，並封薛仁貴為都尉，唐軍士氣直衝雲霄。

薛仁貴不敢忘恩，坦然直言徐真之驍勇，聖上想起徐真將敵將頭顱插在唐旗之上的神勇畫面，不由心神激蕩，欲封徐真為左驍衛大將軍。

長孫無忌心裡著急，慌忙諫言，徐真剛剛才升了左驍衛將軍，如今又升正三品的左驍衛大將軍，實在不妥，而且徐真年少，這正三品大將軍或是一些老將一輩子都難以企及的地位，若如此輕易就授予徐真，難免讓人嫉恨。

聖上卻不以為然，戰時不可與平日相提並論，若不施加厚恩，諸多將士又如何肯賣命盡力，徐真從軍以來，每戰必前。當日劉神威給徐真療傷之時，聖上就在一旁觀看，見得徐真滿身都是傷痕，不由憐惜起來。

這徐真雖年紀不算大，但已經身居高位，朝中自有人不滿，更有甚者還將徐真的上位與李明達聯繫在了一起。

可李世民心裡很清楚，徐真的每一步晉升，都是他用身上的傷痛換來的，是天經地義理所當然的事情，每一份封賞，都名副其實。

然長孫無忌當場諫言，諸多將領又紛紛附議，徐真在李勣的眼神授意之下，慌忙出列婉拒，李世民就算心有不喜，也不想違逆了人心，只能退了半步，收回左驍衛大將軍的封賞，改封徐真冠軍大將軍，雖然只是個榮譽虛職，但同樣是正三品，徐真到底還是進入到了大唐軍界的上層。

第一百七十八章

圍困安市萬春偷營

徐真手下的弟兄們個個驍勇善戰，又都是些久經沙場的老將，此番征遼儼然成為了主力，一個個都已經成為軍中骨幹，如今徐真又得了冠軍大將軍如此殊榮，可謂風頭一時無倆。

翌日，聖上下令開戰，徐真主動請戰，神火營和神火次營的弟兄們將真武大將軍和驚蟄雷全部都搬運到前線。

高延壽和高惠真領兵迎戰，然而徐真的神火營去根本就不派一兵一卒，只用火炮和驚蟄雷對駐蹕山下一頓狂轟亂炸。

聖上是清楚真武大將軍威力的，然而卻第一次見識驚蟄雷，這驚蟄雷本已經被消耗完畢，然而隨著聖上帶著後方大軍敢到，徐真又跟姜行本研製出了一批驚蟄雷，一直沒捨得動用。

如今圍困駐蹕山數萬敵軍已經將近三個月，軍心士氣急需要一場酣暢淋漓的大勝仗來提升，於是徐真才捨得拿出這些驚蟄雷來。

無論是軍中將士還是當今皇帝陛下李世民，無論是高惠真、高延壽和他們帶領的敵軍，還是高仁武帶領的反抗軍，都被徐真本部的驚天動地手段給徹底震撼當場！

火炮轟隆，驚蟄雷在拋車的發射之下，如同旱地驚雷一般轟炸著駐蹕山，這座山崗都差點被削平，高延壽和高惠真所領數萬敵軍，連徐真本部人馬的臉都沒看清楚，就已經大片大片死傷。

敵軍只能躲入山崗，然而山崗被轟炸得四處坍塌，根本就藏不住人，無奈之下，高惠真和高延壽只能舉旗請降。

原本還剩下五六萬人的高句麗軍，被徐真的神火營轟炸之後，只剩下區區三萬六千八百餘人，聖上自是大喜，唐軍人人歡慶。

聖上任命耨薩以下酋長三千五百人為武官，遷往大唐境內，餘下三萬高句麗人解除了武裝，放還平壤，而反唐的靺鞨族三千餘人，盡數坑殺，突可力當場被梟首。

駐蹕山一役由是完勝，獲馬三萬疋、牛五萬頭、明光甲五千領，輜重無數，高句麗放棄後黃城及銀城，數百里無復人煙。

聖人又命軍中將作少監畫了《破陣圖》，命中書侍郎許敬宗撰寫銘文刻碑以紀功，犒賞三軍，各種封賞一一分發下去。

時間進入八月，高句麗已然開始寒冷，唐軍正式進攻安市城。

這安市城地勢險要，易守難攻，若非拿下了駐蹕山，更是無從入手，城主楊萬春是個鐵骨錚錚的高句麗好漢，連泉蓋蘇文都奈何不得，當初楊萬春拒絕接受泉蓋蘇文攝政，後者發兵攻打安市城，都無功而返，可見此人之武功與韜略。

安市城中軍民見唐軍大舉入侵，頓時軍民聯絡，可謂全民皆兵，眾志成城，見了大唐皇帝陛下的皇旗，這些守城軍就在城牆上大聲謾罵，聖人大怒，發兵攻打。

楊萬春果真是個善守之將，將安市城打造得如同鐵桶一般，用固若金湯來形容都不以為過，徐真調動神火營來轟炸，那高大雄壯的城牆居然硬生生承受住了火炮的攻擊。

唐軍只有借助火炮和箭雨的掩護，搬運沙石泥土來築造魚梁道，然而很快又被守軍的羽箭和床弩、拋石機給打了回來。

行軍大總管李勣勃然大怒，揚言若拿下安市城，必定三日不掛刀，屠殺全城百姓！

安市城的守軍收到這樣的情報，又在城中日夜宣揚，那些個軍民更是團結一心，安市城居然一時半會攻打不下來。

魚梁道的建造受阻，唐軍只能退而求次，與攻打遼東城一般，開始在城牆遠處堆積土山，再慢慢向前推移。

這日聖上帶著徐真、李勣和長孫無忌等主將，登上了土山，遙望安市城，這小小的要塞如鋼鐵刺蝟一般，縱使唐軍如狼似虎，都拿他沒辦法。

聖上一聲長嘆，正要下山，徐真卻見得安市城中冒起縷縷炊煙，遙遙裡又聽到殺豬宰羊的聲音，他心頭一緊，頓時浮起一個讓人不安的猜測來。

「這想必是城中居民殺牲畜以犒軍，今夜說不得要出城偷襲了！」徐真心頭暗驚，慌忙向李世民啟奏道。

「陛下，臣斗膽進言，敵軍今夜，必定夜襲我大唐軍營！」

李世民回頭，直視著徐真的雙眸，正要問徐真何出此言，長孫無忌卻站出來反駁道。

「徐將軍莫要危言聳聽，我聽說將軍乃祆教神使，多擅占卜，但軍中大事，又豈能問鬼神，這小小安市城，早已被我大唐軍威震懾，遲早要被我大軍蕩平，防禦都自顧不暇，又如何敢出城偷襲？」

長孫無忌的分析並非沒有道理，唐軍與安市城已經僵持了一個月，寒冷的天氣給雙方軍士都帶來了極大的影響，雖然唐軍物資充沛，軍士卻不習慣這等早寒，想來被圍困的高句麗軍更加的艱難，又怎會冒險出城來偷襲？

一直以來，楊萬春就是依仗安市城的險要，固守城池，才有了與唐軍對峙的資本，如果他們出城偷襲不成，那這座城也就徹底完蛋了。

念及此處，李世民也只是對徐真淡然一笑道：「徐卿切勿多慮，國舅公所言有理，小小蠻夷，又豈有如此雄心壯志。」

徐真還待分辯，卻被李勣一道目光阻攔了下來。

然而這樣的小動作卻是瞞不過李世民的眼睛，他微微搖頭一笑，對徐真說道：「若徐卿還不放心，可領兵於側翼防衛便是。」

徐真聞言，當即謝恩，自去調動騎兵營。

口頭上雖這般說著，但李世民心中並不太認同徐真的猜想，長孫無忌不由對徐真冷笑，心想徐真畢竟還是太過稚嫩了一些，不懂揣測聖意，聖人都說了沒事，你自己還真去調動兵馬，這不是信不過聖人的斷論嗎？

李勣本想勸阻徐真，但徐真已經領兵去了，他再說什麼也晚了，他始終相信李世民有過人的容人大度，斷不會因此而對徐真有所貶低，但如果長孫無忌再繼續從旁慫恿，那就不好說了。

到了軍營之中，李勣又將徐真召了過來，對其面授機宜，將朝中一些為官之道，察言觀色和揣測聖意的機巧都傳給徐真。

不過有些事情只可意會而不可言傳，也只能留給徐真慢慢去體悟，若不多吃些虧，還真的無法在朝堂之上站穩腳跟。

如今徐真已經晉入三品大員的行列，可謂春風得意，年少有為，若再不注意自己的言行，稍有不慎就會被捲入到權勢爭鬥之中。

徐真也很清楚這一點，雖然三品卻是已經算是身居高位，然而在國公遍地走，貴冑多如狗的大唐，三品大員又算得了什麼？

侯君集這等位極人臣的梟雄，不也一樣說沒了就沒了嗎？

李勣能夠悉心教導，徐真自然是感恩於心，師徒二人又細聊了一番，徐真將自己的推測都說道出來，李勣也覺得有理，讓徐真自行佈置軍馬，自己卻到皇帳去面聖。

李世民回來之後，也覺得好奇和有趣，他早知道徐真是祆教使者的事情，又聽說了徐真在高句麗利用燧神崇拜，在反抗軍中獲得無人能及的威望，以致於如今的反抗軍中，徐真的聲望甚至能與銀珠郡王高仁武和敏恩郡主、神女高惠甄相提並論了。

如此一來，他也好奇徐真為何如此篤定敵人會來夜襲，思來想去卻不得要領，正迷惑間，老臣李勣卻來求見。

君臣二人寒暄了一番，李勣看準了說話的時機，不露痕跡地將徐真的推測都說了出來，李世民由是豁然開朗，命李勣悄悄集結了兵馬，埋伏起來，以待高句麗人的突襲。

事實證明，徐真的猜測並沒有錯，到了三更時分，居然紛紛灑灑下起了初雪，唐軍士兵畏寒怕冷，紛紛鑽入營帳之中取暖。

李世民和李勣統領奇兵，雖然借助帳篷躲避風雪，卻仍舊感覺到寒冷難耐，他遙遙望了過去，見得徐真帶領薛仁貴等本部猛將，肅殺地潛伏於風雪之中，心頭不由對徐真更加的看重。

到了二更時分，轅門外果真人喊馬嘶，喊殺聲震天響起，高句麗人果真來偷營了！

徐真率領薛仁貴等猛將突然殺出，將高句麗人的兵馬攔腰截斷，又是一番大肆的屠殺，然而情勢出乎意料，對方的人馬實在太多，唐軍一時半會反應不過來，只有徐真本部人馬抵抗，慢慢竟然落了下風。

高句麗人士氣越發振奮起來，突然受襲的唐軍也是混亂不堪，無法組織有效的反抗，長孫無忌從營帳之中鑽出來，見得如此場景，心頭憤恨不已，還真讓徐真給蒙對了！

李勣靜靜守在李世民的身邊，麾下軍馬比徐真本部要多出好幾倍，若此時出兵，定能將偷襲者全數殺滅，然而李世民卻沒有發令。

李勣面無表情，但心裡卻異常清楚，李世民這是在等，等徐真本部堅持不住了，再出兵去救，這樣一來，他也就不需要丟面子了。

想到這裡，李勣心中不由暗自搖頭輕嘆，但更多的是，心頭多了一層敬畏，對李世民的敬畏。

說到底，無論是他還是長孫無忌，玩弄的都只是權謀之術，而李世民卻是帝王心術，二者有著不可逾越的鴻溝，自然也無法理解。

眼看著徐真本部人馬不斷被消耗，李世民看著時機差不多了，終於一揮大手，朝身後大軍下令道：「殺！」

這一字出口，天地間越發的寒冷起來！

第一百七十九章

徐真識破聖人血戰

異族多虎膽，楊萬春在高句麗人望頗高，安市城又是高句麗的要塞，若安市城被攻破，建安城也無法防守，平壤與丸都城就會門戶洞開，故而國內有心之人皆宣揚楊萬春之用，以壯軍心士氣，更有甚者將射瞎大唐皇帝一隻眼的傳聞，都安在了楊萬春的頭上。

然而楊萬春卻是個剛正之人，從不在乎這等虛名，否則他就不會公然對抗狼子野心的泉蓋蘇文了。

此次夜襲準備久矣，楊萬春又是善戰驍將，是故漏夜出擊，信心十足，沒想到還是讓唐軍識破，眼看著就要殺透敵陣，斜斜裡卻殺出一彪人馬來，為首者一身紅甲，手握詭異長刀，身邊更是猛將如雲，難以抵擋。

「這就是傳聞中的燧氏蒙吧……」楊萬春看著徐真等人殺敵之英姿，不由感慨萬千，然而時不我待，他斷然不會因為那些關於徐真的傳聞而受到絲毫影響，指揮奇襲勇士，一路殺向徐真本部人馬。

徐真帶領薛仁貴、周滄等將奮勇死拚，然而對方終究人多勢眾，又奇兵盡出，如狂風驟雨一般席捲而來，唐軍又混亂不堪，如此情勢之下，徐真本部人馬也是多有損傷。

反過來的唐軍遭遇初雪嚴寒，多有不適，如今遭遇夜襲，只能倉皇集結，卻又被對方徹底衝潰了陣型，許多唐兵還未來得及披甲，只能胡亂取了兵刃自保，又被對方殺得遍地屍骸，鮮血染紅積雪，整個營地都變得血紅。

楊萬春麾下奇襲，兵馬士氣大振，幾名渠帥就要帶兵將徐真等人圍剿殲滅，然而楊萬春卻及時阻止他們，只讓麾下騎兵四處殺戮，若非下了大雪，天氣潮濕，他還想來個火燒連營八百里咧！

渠帥們也反應過來，圍殺徐真等將領雖然功勞極大，然而卻需要消耗太多人力，力量一旦被這些將領牽制，勢必會影響到突襲的效果，於是他們果斷放棄了建立大好軍功的機會，只是一味帶兵殺傷沿途唐軍。

大唐軍營占地廣闊，他們也不敢太過深入，然而見得只有徐真這一支人馬來攔截，向來沉穩的楊萬春都不由心旌蕩漾，遲疑了片刻，果斷下令，指揮騎兵們深入殺敵，擴大戰果。

正當此時，一股騎兵從軍營旁邊的避風高坡上衝殺下來，硬生生將楊萬春的騎兵給斬成了兩段！

這支騎兵身著玄黑衣甲，乘騎黑色神駒，在雪夜之中頗為顯眼，就如一條黑龍一般衝過來，瞬間碾壓，騎士和戰馬踐踏雪地，看似有千斤之重，騎士手中長槊和刀劍散發駭人寒芒，整支隊伍如覺醒暴怒的蛟龍，讓人不寒而慄。

「是玄甲軍！快撤退！快撤退！」楊萬春心頭大駭，他熟讀兵書，深諳知此知彼的道理，對大唐軍多有瞭解，玄甲軍乃大唐皇帝李世民親自培養出來的騎兵，堪稱自古以來最強騎兵之一。

早在李世民還是秦王之時，就已經開始培養自己的精銳騎兵佇列，丘行恭、段志玄、秦叔寶和尉遲敬德都曾經是玄甲軍的猛將。

他曾用一千玄甲軍大破王世充，斬俘六千餘人，虎牢關之戰中，竇建德率領精銳主力十餘萬人馳援王世充，李世民僅用三千五百玄甲軍為先鋒，增援虎牢關，結果大破竇建德十餘萬眾，使得竇建德僅率數百騎逃生。

李世民登基之後，玄甲軍就拆分開來，一部分成為了皇宮近衛，而另一部分則交給了李靖，在滅突厥之時，起到了巨大的作用，沒想到御駕親征遼東，他居然將玄甲軍也帶了過來。

世人皆知當今聖上戎馬半生，建立無上武功，而聖上最擅奇兵突擊，使用玄甲軍進行側翼突擊與埋伏。

楊萬春如今深入敵營，雖然並無開闊地勢，然他們同樣也是騎兵，一番衝撞之下就折損了小半人馬，玄甲軍的戰力，可見一斑。

正撤退之際，身側親兵一個個摔落馬下，每個人幾乎都是脖頸中箭，身上鎧甲根本就防護不住。

楊萬春也是神箭手，循著方向一看，卻見一名黑甲紅盔的唐將，猩紅披風隨風獵獵，一張硬弓嗡嗡真想，三十支箭帶走了幾乎三十二條人命。

楊萬春不由暗讚一聲，他的竹箭早已耗盡，見得那唐將棄弓拔刀，忍不住回頭鬥了數合，唐將身材不算高大，夜色迷蒙，借助營地火光和白雪映照，該有四十多歲的年紀，雙刀左右翻飛，如戲珠之囟龍，楊萬春居然占不到任何一點便宜！

「好射手！」

李世民也暗自吃驚，雖然御駕親征，但他已經不像年少那般拚命，一路上都有親衛團團維護，如今親兵跟楊萬春的親兵混戰一片，這楊萬春正好激起了大唐皇帝的一腔熱血戰意。

他登基之後，可謂勤政愛民，日理萬機，但也沒將武藝落下，每日必擠出閒暇時辰來修練，楊萬春也是個不服輸的人，不久前才打退了泉蓋蘇文的兵馬，二人越戰越勇，各自不服輸。

這楊萬春心切軍馬撤退，一個不留神，讓李世民得了先機，雙刀左右剪了過來，楊萬春舉刀來格擋，肩頭卻中了一刀！

李世民心頭狂喜，楊萬春卻只能無奈拍馬而逃，李世民自然追擊了上去，卻脫離了親衛的保護圈，對方一名衛兵冒死飛身，將李世民撞落馬下。

李世民臨危不亂，凌空揮舞雙刀，那衛兵身子還未落地，人頭先飛了出去。

他一腳踢開身上的屍體，剛想挺身彈起，卻見得楊萬春調轉馬頭，往他這邊踐踏了過來。

危急之間，一道人影從亂兵之中疾奔而來，寬大的陌刀將楊萬春的馬腿齊刷刷斬斷，肩頭猛然撞在馬腹之上，居然將楊萬春連人帶馬撞飛了。

李世民何嘗見過如此勇武蠻霸之人，見得這九尺唐將威風凜凜，也不與李世民搭話，只如鐵塔一般護在李世民的身前。

「真真是秦瓊再世，知節復生也！」李世民暗讚一句，連忙從地上彈起來，楊萬春已經滾落在地，也不敢再戀戰，倉惶逃入亂流之中，搶了一匹馬，往安市城門方向逃遁。

李世民大難得脫，那九尺猛將才轉過身來，亂戰之中不及跪拜，朝李世民說道：「還請陛下珍重龍體！」

說話間，那漢子又砍翻四五個逃竄的敵人，待李世民的親衛圍了上來，他竟然二話不說，悶頭就追擊敵人去了。

「好一個莽漢子！我大唐人人如此，又何愁四海八荒蕩不平！」

李世民雙眸發亮地讚道，長孫無忌和李勣等大將很快就趕了過來，勸說李世民回營，李世民卻指著那猛將的背影問道：「此是何人？」

諸人看得不甚清楚，李勣卻認得周滄座下那匹龍種神駒，連忙回答道：「此乃徐真麾下，新豐果毅周滄是也！」

李世民恍然大悟，眼眸之中卻閃過一絲不可察覺的意味，前者有薛仁貴冒頭，如今又有個典韋復生一般的周滄，徐真麾下果真是猛將如雲了！

「徐卿現在何處？」

李勣仍舊指著周滄的方向，回到道：「徐將軍已經殺透了敵陣，如今已然掩殺到前方去了！」

「好！好！好！都隨我去支援徐卿！」李世民連呼三聲好，也不等諸人勸阻，拍馬追趕了上去。

此時徐真帶領著薛仁貴、謝安廷等人，追著敵人的尾巴，一陣掩殺，沿途留下無數的屍體，楊萬春率領殘部狼狽逃生，生怕混亂回城會被唐軍趁機攻破，也不敢開城門，只得帶了殘部逃亡唐軍白日所築的土山，利用土山來抵擋唐軍。

這土山本來由長孫無忌麾下果毅傅伏愛率領五千步卒把守，哪裡想到此人貪生怯戰，竟然讓楊萬春的殘部給衝散，占了土山。

徐真率部掩殺到土山，卻被楊萬春憑藉土山的阻隔，用弓箭給壓住了陣頭，一時半會居然無法衝破。

事到如今，徐真心中敞亮，若不能及時攻下土山，待楊萬春得了喘息之機，整合了殘部軍力，想要拿下土山就更加的困難。

「行軍總管姜行本安在！」

張久年與徐真早有密謀，本想趁著敵人偷營之際，轟開敵人的城門，是故聯絡了姜行本，將真武大將軍都搬運到了土山附近，姜行本得了徐真的令，連忙讓神火營出動，將真武大將軍全都調運到陣前來。

火炮雖然兇猛，然彈藥卻不易補充，大軍深入高句麗已經數月，先前戰鬥之中又動用了幾次火炮，如今彈藥儲量嚴重不住，本想留著最後一戰才用。

可如果拿不下安市城，唐軍根本無法寸進，或許這就是最後一戰了！

徐真也沒想到自己的想法會一語成讖，見姜行本調來了真武大將軍，連忙讓神火營調整炮口，開始轟擊土山。

這土山本是唐軍築造來攻城所用，傅伏愛奉命看守，雖然讓楊萬春給奪了去，可他又豈可眼睜睜看著徐真將土山給毀了。

「徐將軍住手！千萬不可開炮！此乃我軍求勝之根本啊！」

傅伏愛領了五千人在此看守，居然還防不住一個率領殘部逃跑的楊萬春，徐真也懶得理會他，讓周滄將傅伏愛架住，長刀猛然一揮，暴喝如春雷一般下令道。

「開炮！」

第一百八十章

小人阻擋功敗垂成

楊萬春也是叫苦不迭，他本想著漏夜偷營，沒想到敵人早有防範，如今軍情火急，他也來不及統計傷亡，可看著身後哀哀淒淒的殘部，他心裡很清楚，這次偷襲算是慘敗收場了。好在他臨危不亂，並未率領殘部回城，否則唐軍趁機來攻，安市城可就保不住了。

這土山乃唐軍攻城所築，如今天氣驟冷，大雪紛飛，土山慢慢冰凍結實，實乃人造之險要，完全可以依憑此處作戰。

正當安市城主楊萬春心頭燃起生機之時，敵陣頓時亮起一團團耀眼的火紅色光芒，繼而陣陣冬雷震撼著天地！

「這……這是天現異象啊！難不成這燧氏蒙真有呼風喚雨之仙術？」楊萬春心頭驚駭難當，然而很快他就聽到一陣低低的詭異破空音爆。

「不對！這該是他那可怕的火炮！」楊萬春陡然醒悟過來，當遼東城的斥候送來軍報之時，他還對軍報之中關於大唐軍擁有天上神雷這等荒誕之事嗤之以鼻，如今看來，此事該是真的了。

「隱蔽！各自隱蔽！」

楊萬春高喊著下令，慌忙滾落馬下，借助馬匹遮掩身軀，還未站穩，頭頂已經轟隆隆炸開，土山連同大地不斷震動，如山崩海嘯一般，碎石砂土不斷濺射砸落下來，漫說軍士，連馬匹都被砸成齏粉。

未來得及反應的軍士很快就被沙土活埋在底下，爆炸接二連三發動，新築的土山根本就承受不住真武大將軍的轟擊，根基被撼動，轟隆隆就倒塌下去，重重壓在了安市城的城牆之上！

楊萬春最善守城，為了防禦土山，西南方的城牆都加高加固起來，卻架不住土山崩塌的威勢，城牆竟然被土山給壓垮了！那些個高句麗士兵先被土山掩埋了一部分，逃跑的過程中又被城牆壓死了一部分，還被火炮的衝擊殺傷了大片。

楊萬春搖搖晃晃地站起來，耳不聞聲目不視物，鮮血從頭頂滑落下來，眼前一片血紅，拚命搖晃了一下腦袋，哀嚎和喊殺聲如一把銀針塞入了耳朵一般。

「快！讓城中守軍守住豁口。」

楊萬春的一生心血都在這座安市城，此時根本不顧個人安危，也管不了那些半生不死的傷殘軍兵，連滾帶爬摸了一桿被鮮血浸透的角旗，插在背上，疾奔了數步，拉住一匹受驚的戰馬，瘋狂往豁口方向奔去。

城中守軍及時回應，全程精銳幾乎將豁口層層疊疊堵塞了起來，長槍兵和盾兵在前，硬生生築起了血肉城牆來。

楊萬春縱馬而來，見精銳全堵在豁口，心裡頓時慌亂，大聲咆哮道：「這裡擋不住，都給我上土山！上土山！」

守軍將主帥還在，連歡呼的時間都沒有，潮水一般湧出豁口，佔據了被炸掉半截的土山。

徐真本部人馬在轟塌了土山之後，借助爆炸的餘威，發動了怒海狂潮一般的衝鋒，然而敵人的反應實在太過迅捷，楊萬春還留有後手，城中守軍根本就沒有休息，而是守在城牆，防止大唐軍反攻，此刻正好派上了用場，眼看就要將土山給佔據下來。

徐真衝擊了兩次，敵軍卻不為所動，人數上不佔優勢，憑藉徐真的人馬，根本就攻不下來。

關鍵時刻，徐真朝傅伏愛吼道：「讓你的兵馬跟著本將軍衝上去！」

這傅伏愛乃是長孫無忌麾下的得力幹將，這才讓他把守土山這樣的險要，然而徐真架空了他傅伏愛，又擅自將土山給炸塌，如今又要來命令自己，讓自己的人馬上去送死，傅伏愛又豈能點頭。

這土山乃白日裡無數輔兵和民壯用命換來的，卻被徐真的炮火給轟掉了，他傅伏愛非但沒有下令，見得長孫無忌策馬而來，居然高聲呼救，說徐真臨陣挾持，要強奪他的兵馬。

眼看著敵軍逐漸佔據土山，更是將城中的重型器械都搬運到土山前頭來，軍機就這麼白白流走，徐真勃然大怒，抽出長刀來就要斬了這傅伏愛。

「住手！」

長孫無忌一聲大喝，徐真擅自發令也就罷了，居然還要強奪他麾下的兵馬，爭奪不成，居然還要殺自己的愛將。

有皇帝陛下在場，長孫無忌自然不敢再言語，徐真將長刀憤然投擲於地，摘下滿是熱血的鳳翅盔猛然丟在了地上，骨碌碌滾到了李世民的腳邊。

李勣心頭一緊，心裡不由為徐真捏了一把汗，然而徐真關切戰局，大好形勢就這麼讓傅伏愛給浪費了，他又如何不怨憤。

李世民雖然落後了周滄片刻，但一路趕來已經聽到了真武大將軍的轟擊聲，當他看到土山將城牆壓倒，終於破開安市城的豁口之後，他也是心頭狂喜。

若傅伏愛能夠趁機殺進去，安市城可破矣！

然而事實如他看到這般，傅伏愛非但沒有進攻，還拒絕了徐真的請求，在如此緊迫的情勢之下，他居然還分你我彼此，再看看徐真部下，一個個傷勢駭人，本部人馬已經十不存一，可謂慘烈至極，又如何讓徐真不狂怒。

長孫無忌伴君已久，從李世民陰沉的表情就已經揣測到了聖意，當即脫了盔甲鞋帽，幾近赤身，到李世民面前來請罪。

「麾下蠢將不識軍事大體，延誤戰機，請陛下賜死！」

長孫無忌噗通跪在了被鮮血浸潤的雪地上，這片大地，是被敵人的鮮血浸透的，同樣是徐真的弟兄們用鮮血浸透的。

薛仁貴一身白衣早已被染紅，周滄和謝安廷等人滿身滿臉都是血跡，只剩下一雙眸子散發著不甘和悲憤。

胤宗和高賀術腿腳和後背都還插著羽箭，徐真為了應對這次夜襲，幾乎將本部人馬都拚了個乾淨，李世民心中說不出是什麼滋味，因為沒相信徐真的推測而懊惱？因為長孫無忌的進言和傅伏愛的怯懦愚蠢而憤怒？

他自己也說不清楚，他的眼中只有那座土山，如今那座土山被敵軍佔據，甚至比原來的城牆還要難以攻破，因為敵人終於可以不用困在城中，可以利用土山將防線往前推進。

這土山本來是攻破安市城的關鍵險要，如今卻落入敵手，成為了敵軍守城的最佳要塞，真真是為了敵人做嫁衣。

李世民沒有看長孫無忌一眼，後者此時敢感到害怕，他盯著李世民的靴子從自己的鼻尖擦過，偷偷看著李世民走向徐真。

「徐卿……朕……」

徐真仍舊背對著李世民，後者將手輕輕按在徐真的肩頭，那身紅甲已經被砍出一道道刀劍之痕，雪花落在紅甲之上，很快就融化開來，那紅甲竟然是熱的。

是被敵人的血燒熱的，是被徐真傷口汩汩冒出的鮮血燒熱的，是紅甲與敵人的刀劍不斷碰撞燒滾燙的。

徐真感受到李世民聲音中的歉意，他緩緩轉過頭來，淚水肆無忌憚的衝開臉上的鮮血，這個短短兩年間歷經惡戰，建立無數功勳，從長安城的小武侯一步登天，直到現在成為冠軍大將軍的兒郎，他在哭！

這不是徐真第一次經歷生死大戰，但卻是他第一次如此孤注一擲，將自己的弟兄全部投入進去，眼看著成功在即，卻因為一個小人推三阻四，功敗垂成，讓弟兄們死得毫無價值。

周滄幾個倖存下來的弟兄都是鐵骨錚錚的男兒漢，哪裡見過自家主公落淚，一個個低垂著頭臉，按刀不動，空氣之中充斥著比血腥還要濃郁的悲憤和不甘！

李世民看著淚流滿面的徐真，心頭猛然揪痛，到底要如何，才能讓徐真這樣的鐵血兒郎，留下如此不甘的眼淚。

他轉身走了兩步，抽出徐真丟在地上的長刀，陰沉著臉，默默走到了傅伏愛的眼前。後者猛然抬起頭來，卻看不清當今皇帝陛下的表情，一道寒芒閃現而過，傅伏愛人頭落地，骨碌碌滾到長孫無忌的面前來，那無頭的屍體噴射著血柱，濺了長孫無忌一身都是，後者卻不敢抬頭半分，稍稍斜視一眼，卻見得傅伏愛死不瞑目，正盯著自己，一臉的難以置信，嘴唇還在翕動著，似乎在向他求救……

李世民沒有看長孫無忌，而是走到徐真的面前來，將長刀的刀柄遞到了徐真的面前，徐真咬了咬牙，雙手接過了長刀。

皇帝陛下往遠處的土山遙望了一番，輕嘆一聲，沙啞著嗓子說出了兩個字：「收兵。」

聖上轉身離開，徐真看著他的背影，第一次覺得，陛下真的老了……

長孫無忌不敢起身，手腳都被凍僵當場，心頭除了驚憚，更多的是對徐真的憎恨。

直到聖上回了營，李勣連忙扶起長孫無忌，調遣兵馬在土山週邊築起了防線，這才收拾打掃戰場。

軍情果真如徐真預想的那般，守軍佔據了土山之後，唐軍久攻不下，天氣又越發寒冷，軍中多有凍傷，長孫無忌為了表現，數次領兵強攻，非但無功而返，還要損兵折將。

平壤道那邊也傳來了消息，水軍已經登陸，殺到了建安城下，然而張亮怯懦畏戰，無將帥之才，居然不立營壘，被敵軍偷襲，慌亂無應對之策，只驚駭趺坐於胡床之上，直視而無所言，最後還是副將張金樹鳴鼓令大軍擊退了敵軍。

聖上收到軍報，勃然大怒，若非戰事不便處置，這張亮也要人頭落地。

其實早在戰前，張亮就不看好此次征遼，而後見得聖上心意已決，這才請戰，統帥海路大軍，以平壤道行軍大總管之職，統領了四萬餘將士，除了行軍總管程名振攻下沙卑城，俘虜八千人之外，可說是毫無建功。

聖上心煩氣躁，安市城又久攻不下，轉而攻擊建安城又不忍不甘，還要擔憂楊萬春抄了後路，一時間僵持不下。

聖上怒而斬了平壤道行軍總管張文幹，正欲繼續發兵攻打安市城土山，定州卻傳來了消息。前任太子李承乾鬱鬱不得，薨[1]於黔州！

註

1　薨：古代稱諸侯或有爵位的大官去世。

第一百八十一章

左黯失蹤徐真為使

正應了那句話，屋漏偏逢連夜雨，船遲又遇打頭風，安市城久攻不下，海上水路軍又毫無作為，天氣越發冰寒起來，許多軍士手腳凍傷，食物都難以煮熟，凍寒而亡的不可勝數，如今又傳來哀報，真真是讓李世民心力交瘁。

自古三大悲，幼年喪父，中年喪偶，晚年喪子。人間悲戚莫過於子欲養而親不待，亦或者白髮人送黑髮人。

李世民獨愛李承乾和李泰，可如今李泰被流，李承乾鬱鬱而終，李世民又豈能不悲哀？

聖上枯坐皇帳之中，除了李勣和長孫無忌等老臣敢去寬慰勸說幾句，其他人都生怕犯了龍顏，對安市城也只能是圍而不攻。

徐真同樣鬱鬱寡歡，這一支本部軍馬是他的嫡系，從軍以來就一直培養到如今，弟兄們一個個都是精銳中的精銳，好不容易狠下心來拚了一把，卻葬送了弟兄們的性命，每到夜裡，徐真就心痛難當。

張久年等一干老弟兄心知主公仁愛，將弟兄們視為手足，也多來勸慰，奈何徐真一時半會兒也很難拋開心緒。

直到這天，高惠甄匆匆入了徐真的營帳，報說左黯失蹤了！

左黯與青霞子被救回來之後，一直留在高惠甄身邊養傷，徐真心情欠佳，思緒低落，加上自己也在療傷，故而沒能去探望，沒想到這小傢伙居然不見了蹤影。

徐真霍然而起，弟兄們已經長眠不起，剩下的他絕不能放棄！

周滄等人聽說主公要升帳議事，覺得主公終於走出了憂傷的陰影，很快就聚集到了徐真的營帳之中。

左黯本是幽州府的小斥候，為人機警狡黠，向來被徐真視為弟子，又得奇人青霞子的真傳，性命該是無憂，最大的可能就是混入了安市城中！

高延壽降唐之後，已經將寶珠丫頭的事情都說了出來，寶珠丫頭乃是泉蓋蘇文幼女泉男茹之事，已然人盡皆知。

但高延壽還透露了一個消息，泉蓋蘇文擔心楊萬春降了唐，故而遣使遊說，楊萬春卻擔憂自己阻擋唐朝大軍之時，泉蓋蘇文會背信棄義，從後方攻陷安市城，為了打消楊萬春的疑慮，泉蓋蘇文將自己的女兒泉男茹送到楊萬春的安市城為質，才說服了楊萬春拚死抵抗唐軍。

也就是說，此時寶珠丫頭應該就在安市城之中。

左黯對乙支納威和高延壽恨之入骨，乙支納威已經戰死，高延壽降了唐，他一番逼問之下，自然能夠知曉寶珠就在安市城內。

以左黯與寶珠丫頭的情誼，這小子趁著戰亂之際混入安市城，並非沒有可能的事情。

這對少男少女朝夕相處，左黯又聰明過人，在高句麗這幾個月早已熟練掌握了高句麗語，再加上他為人機賊，混入安市城中應該是沒什麼問題的。

想要把左黯和寶珠救出來，那就必須想辦法混入安市城中，諸人群策群力，很快就有了方案。

白岩城主孫代音就是銀珠郡王高仁武勸降的，若能故技重施，入得安市城，非但能夠尋找左黯和寶珠的下落，還能趁機將敵軍的城防部署都窺視一番。

計策已定，如今就要看聖上的態度了，徐真即刻到皇帳去求見，內侍聽說是軍情，只要入內通報，想著這幾天群臣都吃了閉門羹，不由為徐真捏了一把汗。

好在聖上並未拒見，讓人將徐真領了進去。

幾天不見，李世民兩鬢斑白，彷彿一夜蒼老，雙眸滿是疲憊和倦怠，神色帶著幽幽的悲傷，想來是對李承乾思念得緊了。

徐真也不敢說話，更不敢抬頭，越是身居高位，就越需要謹小慎微，這是恩師李勣教導他的處世之道。

李世民摩挲著手中之物，雙眸之中充滿了慈父的悲傷，那是李承乾離開長安的那一天，從鞋頭上摘下來的一顆珠子。

過了許久，李世民才幽幽一嘆，稍稍抬起頭來，似自言自語，又似與徐真交心，輕聲道：

「也不知兕兒現在怎麼樣了……」
看著李世民眼中的憂鬱，徐真嘴唇翕動了片刻，終究還是沒有說話，此刻的李世民不再是那雄心勃勃的大皇帝，只是一個將兒子死去的悲傷轉化為對女兒思念的滄桑父親。
李世民遙望西南，那是歸家的路，這一刻，李世民似乎從皇帝的寶座上走了下來，沒有了讓人畏懼的光環，變得那麼的平易近人。
「徐卿，聽說你有事要說？」李世民微微扭過頭來，直起腰杆，似乎需要很大的力氣才能支撐起自己的頭顱。
「啟奏陛下，臣的弟子已經成功潛入安市城，徐真想著能不能藉口勸降，入城一探，目下天氣越發寒冷，若不及時攻克安市城，情勢對我大唐軍實在不利……」
李世民微微皺眉，徐真心裡也是忐忑，此次征遼，大唐起兵十萬、馬萬匹、海路七萬，共計一十七萬人馬，動用資源更是不可計數，本想著將高句麗徹底滅掉，可如今這般形勢，勝利的天平已經倒向了高句麗那方。
諸多將領又豈不會審時度勢？只是沒人敢在這個時候對李世民諫言，生怕李世民發怒起來無法收拾。
想起軍營之中每日被凍死的那些軍士，徐真稍稍挺直了腰杆，既然沒有點醒聖上，那就由他來吧，聖上也是人，也需要對別人傾訴，必要的時候，自然也需要別人的勸誡。
李世民眉頭舒展開來，訝異地讚了一句：「我大唐兒郎饒是如此智勇，竟然能夠混入城中去，徐卿麾下果是能人輩出，既是如此，但有計劃，可與朕說道說道。」

「是，此人乃臣之弟子，先前在幽州府充當斥候，途中結識了泉蓋蘇文失散的女兒泉男茹……」

徐真不緩不急，有條有理地將與左黯等人的際遇都說了一遍，其中曲折自是跌宕，李世民不由被徐真的娓娓述說所吸引，對兒女的思念也被沖淡了一些，待得徐真說完，他也不禁輕嘆道。

「天意弄人，視凡俗為芻狗，這對小人兒也算是有情有意了……」

感嘆之後，李世民又朝徐真說道：「若左黯真在安市城之中，不妨藉口勸降，入城去救，不過就怕楊萬春會傷了徐卿……」

「聖上不必擔憂，高仁武乃榮留王之弟，而楊萬春素來死忠於正統，有他陪著，臣足以進退兩全。」

李世民認同地點了點頭，而後朝徐真擺手道：「徐卿既以定了策略，那此事就全權交付於你，其他人會配合你的。」

得了聖上如此允諾，徐真也就放心告退，與高仁武商議了一番，高仁武對寶珠始終懷有虧欠，毫不猶豫就答應了徐真。

這日大雪紛飛，高仁武舉起高字王旗，徐真和凱薩假扮成親隨，三匹馬頂著風雪，出了唐營。

由於雙方一直在僵持，大大小小戰役每日都有發生，根本就來不及打掃戰場，唐軍這邊還好，就算冒著敵人的箭矢，他們也要把袍澤的屍體給搶回來，而高句麗這邊卻屍骸遍地，若非天氣寒冷，或許早已爆發疫病了。

三人頂著血紅的旗幟，行走在茫茫白雪之中，如同白紙上的一滴血跡，高句麗人佔據了土山，居高臨下，很快就發現了徐真三人。

敵陣很快騷動起來，幾根羽箭噗噗插入到高仁武的馬蹄前面，他不得不勒住了馬，用高句麗語高聲道：「吾乃銀珠郡王高仁武，要見楊萬春！」

雖然逆著風雪，但很顯然那邊的人已經聽清楚了高仁武的話，一騎疾馳而來，馬蹄濺起積雪，這人穿著單薄的短襖，頭上卻戴著一張大隋具裝騎士的面甲，顯得有些不倫不類。

然而凱薩卻下意識按住了雙刀的刀柄，因為她能夠從對方的身上，感覺到一股濃烈的殺氣。

「跟我來。」那人的聲音在面甲頭盔裡面迴盪，發出來嗡嗡低沉，給人一種極其詭異的感覺。

高仁武微微點頭以示感謝，三人隨著面甲騎士來到了土山營地，風雪被土山遮擋，視線慢慢清晰，視野也變得開闊起來。

徐真放眼望去，整座土山被凍結起來，周圍全是楊萬春麾下設置陷阱，營地附近還設了竹木拒馬，末端削尖，雖未安裝拒馬槍頭，卻同樣讓人感到一股寒意。

營地之中的高句麗兵圍繞著火堆，裡三層外三層，沒有火堆的只能三五成群的擁擠在一起，相互取暖，免得被凍死。

火堆上架設著破了邊的大鍋，一隻碩大的馬頭在鍋裡載浮載沉，骨碌碌冒著泡，沒有肉食的香味，一股讓人作嘔的腥臊四處彌散，然而那些高句麗兵卻一個個頂著大鍋，彷彿那個馬頭就是人世間最美味的東西。

「他們的情勢比我們還要慘澹……」見得此情此景，徐真沒有任何的喜悅，反而生出濃濃的敬意。正是這些人，在如此惡劣的條件下，死死抵抗著唐軍一次又一次的衝擊，捍衛者自己的城池。

面具騎士帶領高仁武和徐真三人穿過營地，諸多兵士見對面來人，一個個強撐著站起來，雙眸如狼，氣質如虎，或瘦弱或傷殘的身軀似乎藏著強大而無法毀滅的靈魂，就好像他們一示弱，就會連累整座城池一般。

高仁武眉頭微皺，營中一些渠帥似乎已經認出了這位銀珠郡王，雖然銀珠郡王舉旗反抗，贏得了很多高句麗人的聲望，然而借助唐軍這件事，卻又讓許多高句麗士兵對這位傳奇郡王很是抵觸。

感受到這些同袍們充滿敵意的目光，高仁武只是暗自嘆息了一聲，隨著面甲騎士穿過城牆缺口，順利進入了安市城。

第一百八十二章

衝撞司徒接濟敵軍

入了安市城之後，徐真才深刻地體會到，唐軍為何久久無法攻下這座城池。

面黃肌瘦的城中居民簞食漿壺，將少得可憐的口糧節省下來，輸送到前線來，民宅已經拆除得七零八落，建材全部充當軍用，建築防禦工事，整座城池如廢棄多年一般。

然而這些人的眼中，卻閃爍著一種光芒，不屈。

徐真並非麻木不仁，只是他早已見慣了這種目光，無論在何朝何代，戰爭總是殘酷的，而最無辜的，自然是這些民眾。

收拾了心緒，他將沿途的佈置全部都默記下來，面具騎士警覺地朝徐真掃了一眼，頭盔裡似乎響起一聲隱隱的冷哼。

沿著城中大街一路深入大約二里，終於來到一處篝火旁，火堆裡全是一些門板之類的竹木，一堆堆一群群的饑民正圍攏著取暖。

饑民群中站起一人，穿著舊舊的棉袍，身材高瘦，三縷黑鬚，纏了條紅色的頭巾，挎著一柄腰刀，正是城主楊萬春。

他的衣甲已經讓給了軍中一名年僅十四歲的小將，連長弓都賜給了土山爭奪戰之中第一個登上土山的勇士。

夜襲戰之中，徐真曾經與楊萬春衝撞過一合，然匆匆一瞥，又各自拚命，當時都不曉得對方的確切身份。

直到此時，楊萬春才與徐真四目相接，似乎都從對方的眼中，辨認出彼此。

楊萬春是支持正統，反抗泉蓋蘇文的主力，他擁有自己的城池，不似高仁武這般，只能打遊擊。

雖然他固守著這一方淨土，然而見到銀珠郡王，他也是不卑不亢地給高仁武行禮。

高仁武素知此君人望，故而並不敢倨傲，再者如今自己是使者，慌忙下馬來，作勢虛扶了一把。

火堆邊的饑民見城主有事，慌忙起身要回避，楊萬春卻壓了壓手，讓他們安頓下來，自己卻帶著高仁武和徐真三人，來到了一處安靜之處，面具騎士緊隨其後，下意識將徐真等人隔開。

楊萬春雖一身虎膽，然整個安市城都負擔在身上，也不敢托大，高仁武自然不會對他下手，然徐真和凱薩到底是唐人，若不講規矩將他刺殺了，安市城也就再守不下去。

高仁武充當中間人，自是要勸說楊萬春投降，又搬出了孫代音的例子來，多讚大唐皇帝陛下之仁愛，若降了唐，則止了兵戈，少了傷亡，對雙方來說，都是好事。

楊萬春雖然不服泉蓋蘇文，然到底是個正統高句麗人，又怎肯讓唐軍佔據自己的城池？雙方語言交鋒，多有不合。

徐真也不發話，只暗自掃視了一圈，本打算讓凱薩潛入城中尋找左黯和寶珠，如今看來計畫根本就無法實施，因為城中建築幾乎被夷為平地，少數樓房大宅雖然仍在，但早已被掏空，根本就藏不住人。

或許左黯和寶珠正躲藏在某一個火堆旁邊，隱入了饑民之中也說不定。

如事先所料那般，楊萬春果然不同意投降的提議，高仁武只能搖頭嘆息，作勢要走，楊萬春也是和和氣氣的送了一程。

這一路高仁武不斷搖頭，目睹著同胞受苦受難，臉色也不好看，臨別之前，他向楊萬春提議道。

「將軍，你不願投降，本王也不能強求，但本王見不得諸多人民受寒挨餓，我打算送些糧食過來，不知將軍能否替人民接受本王的一點心意？」

楊萬春也沒想到高仁武會提出這樣的事，他下意識就要拒絕，可掃視了一圈，最終還是點頭答應了下來。

「感謝郡王仁愛，我替安市城的同胞，謝過郡王！」

這一次，楊萬春帶著十分的敬意，給高仁武深深地行了一禮。

高仁武坦然受之，而後又提議道：「為避免雙方軍士再起衝突，可否讓城中民眾出城接糧？」

面具騎士下意識按住了刀柄，楊萬春眉頭也皺了起來。

看著楊萬春久久沉默，高仁武也不由搖頭輕嘆，徐真適時用高句麗語說道：「我大唐上邦，素來正大，兩軍交戰，從來與民無害，城主若信不過我大唐軍士，那就算了。不過嘛，某覺得將軍應該徵詢一下民眾的意見，畢竟關係到這些人的生死……我會留給將軍半日時間，過了時辰，就讓我們再堂堂正正的廝殺好了。」

楊萬春聽聞徐真一口不甚道地的高句麗語，反而用純正的唐語問道：「敢問將軍名諱？」

「吾乃大唐左驍衛將軍徐真。」徐真略微抱拳道，高句麗貴族皆以說唐語著漢服為榮，楊萬春起初也是榮留王信得過的心腹，唐語端正也無可厚非。

聽聞徐真是將軍，楊萬春也不由生出敬意來，畢竟敢深入敵營，這一條就足以贏得對方的尊敬了。

「將軍藝高膽大，又愛惜人命，楊萬春敬佩不已，他日定竭力拚死，與將軍堂堂正正再戰一場！」

楊萬春說得豪情萬丈，徐真也是開懷大笑，對敵人最大的尊重，不正是竭盡全力與對方死戰麼！

話已至此，高仁武三人也不再多做逗留，楊萬春也沒有為難這三位使者，客客氣氣地送出了城去。

「我看他鐵骨錚錚，是個好漢，又豈會接受唐軍的救濟？」凱薩疑惑的提出自己的想法，徐真卻嘴角浮笑道：「他一定會接受的。」

三人回到唐營，連忙命人準備好口糧，雖然都是些粗糧，但對於饑寒交迫的高句麗人來說，已經是非常不錯的了。

張久年奉徐真之命去運糧，過得許久卻空手而歸，面色憤憤，原來負責後勤的張儉報告到了長孫無忌那裡，後者問清楚糧食的用途，勃然大怒，果斷拒絕了徐真的請求。

「簡直不知所謂！我軍將士尚且挨餓受凍，此豎子卻要運糧接濟死敵，這等做法，簡直是自尋死路！」

長孫無忌拍得案几狂跳，張儉卻是心花怒放，正得意洋洋，親兵卻報稱徐真來見，長孫無忌倨傲端坐，讓人將徐真帶了進來。

徐真早已做好了心理準備，這段時間多得李勣教導，也不明著跟長孫無忌抗衡，只說自己的作為是經過聖上同意的，不卑不亢又有理有據。

長孫無忌卻看不慣徐真，他早已將徐真視為心腹大患，當即拍案而起，揚言就算聖上首肯，他也不能將糧食送去接濟仇敵，也不分說，將徐真趕出了營帳。

張儉見徐真灰頭土臉被趕出去，對長孫無忌又是一番奉承，長孫無忌卻緊皺著眉頭，沉吟了片刻，還是親自去求見李世民。

李世民已經將喪子之痛隱藏心底，強作精神在處理軍務，見長孫無忌怒氣衝衝被帶進來，難免有些不悅。

長孫無忌本就是個八面玲瓏之人，上場打仗不是他的長處，口舌爭鋒卻不輸任何人，直言軍中艱苦，軍士饑寒交迫，口糧尚且自顧不暇，又怎能讓徐真拿出去接濟敵軍，打腫了臉來充胖子。

李世民也不是個獨斷專橫之人，常常聽得進臣子的進諫，甚至於魏徵等一干諍臣曾經指著他的鼻子罵，他都能虛心接受，朝中言官更是每日督促，不留情面，縱觀歷朝歷代，有此胸襟的帝皇，也就獨獨李世民這一位了。

若換了平日，李世民少不得要跟長孫無忌解釋一番，這些粗糙口糧並不算得什麼，但接濟了安市城的饑民，能夠彰顯大唐皇帝的仁愛，能夠動搖對方的軍心士氣，要知道眼下雙方已經僵持了近兩個月，比拼的已經不是軍力，更多的是看誰能夠熬到最後。

然而李世民最近經歷了喪子的打擊，每到夜裡都不忍獨自垂淚，好不容易心情好一些，振作了一些，這長孫無忌又來鬧騰，他當即火大，冷著臉讓長孫無忌照辦，不得有誤，一句話就打發了出去。

長孫無忌也沒想到聖上會如此武斷，一時半會想不通，心裡是恨透了徐真，但聖命難違，只能將口糧都發放了下去，他永遠忘不了徐真手下那群人來領糧之時的嘴臉。

徐真領了糧食之後，又命人架起大鍋，熬煮滾滾肉湯，縱使風雪紛飛，方圓之人都能嗅聞到誘人的香味。

如此等了小半個時辰，安市城那邊果然走出一群人來，衣衫襤褸走在雪地之上，如同白紙上拖了一道髒汙的鼻涕。

高仁武和徐真三人離開之後，楊萬春就與部下商議了一番，為了城中民眾的性命，最終還是決定接受救濟，遂將城中青壯都召集了起來，本著自願的原則，招募運糧隊伍，很快就集合了三百餘人。

這些人心中有數，若唐軍出爾反爾，他們非但有去無回，若讓唐軍頂在前面充當肉盾，藉以攻城，他們更是死無葬身之地。

然而安市城在楊萬春的領導之下，眾志成城，城主既然決定這麼做，自然有他的道理，於是他們就克制心中的死亡恐懼，如同死士一般小心翼翼來到了唐營。

可讓人難以想像的是，唐人並未為難他們，而是捧著大碗大碗的肉湯，讓他們吃了個飽，許多人顧不得肉湯滾燙，拚命的吃喝，嘴巴被燙出一個又一個的燎泡都不在乎。

徐真讓周滄高舉徐字旗，騎著聖上欽賜的神駒青騅，俯視著瘋狂搶食的高句麗人，他做出這番姿態來，更是引得長孫無忌不滿。

「這是拿老子的糧，去掙他徐真的威風啊！」長孫無忌如是想著。

然而徐真並非為了擺威風，他是為了讓自己的弟子，能夠在人群之中，一眼看到自己。

他知道，這些高句麗人放回去之後，一定會宣揚唐軍這邊的富足，到時候民心先亂，那些口糧帶回去之後，勢必會引得民心士氣低迷動搖，這就是所謂的心理戰了！

任是他楊萬春的聲望再高，在死亡的面前，絕不可能人人都能戰勝這種恐懼，他們之所以人人願死，是因為他們自覺沒有了希望，可如今，徐真給了他們生的希望，同時，也將他們對死亡的恐懼，再次點燃了起來。

徐真掃視著搶食的人群，視線卻倏然定格，因為人群之中，兩個人並沒有移動。

左黯緩緩扯下破爛的頭巾，含著眼淚看著馬背上的師父，當徐真親自到安市城中勸降的消息傳開，他就已經知道徐真是為了救他才冒險，他知道，徐真絕不會輕易放棄任何一名弟兄，更何況是他的親傳弟子。

他混入城中之後，花費了幾天才從難民群中找到了寶珠，聽聞城主招募運糧死士，他就知曉這是師父徐真的營救策略，於是他帶著寶珠混入了運糧隊之中。

他知道師父不是一個愛慕虛榮的人，師父坐在高高的馬背上，冒著風雪，只是為了給他和寶珠一份安全感，讓他們能夠看到回家的路。

徐真朝淚流滿面的左黯和寶珠點了點頭，二人會意，趁著高句麗人搶食的空當，由周滄等人掩護著，躲入了營帳，而高仁武早已準備好兩個頂替的人，悄悄混入了人群之中。

這兩個人才是真正的死士，他們肩負著打入敵人內部，煽動安市城民心的艱鉅任務！

第一百八十三章

泉蓋蘇文偷襲後軍

送走了安市城的運糧隊之後，徐真開始了緊鑼密鼓的備戰，李勣是支持徐真計策的，此時也紛紛調動兵馬，嚴陣以待，這批口糧運回之後，安市城必定會陷入混亂之中，只等時機成熟，即可出兵攻打。

李勣熟讀兵書，深知上將伐謀，而謀者莫過於攻心，所謂致人而不致於人，多算勝而少算不勝，又說形名、奇正、誘之以利、爭地、以詐立、以利動、恩威並施，不可取於鬼神，不可相於事，不可驗於度，必取於人，知敵之情者也。

也正因此，李勣覺得徐真此策正是算準了敵人目前的窘迫處境，從戰略意義上而言，這批口糧的作用，堪比數次強攻土山陣地。

僵持至今，安市城那邊幾乎什麼都打光了，就剩下一顆不屈之心，如今徐真送糧，正是為了動搖敵人的心志，難怪聖上私下裡說，這長孫無忌畢竟不是打仗的料子，若李靖在此，必定第一時間就同意給徐真放糧了。

左黯和寶珠得以回歸，諸人歡喜不已，人心振奮，唐軍聽了徐真等人送回的情報，又得了左黯和寶珠的驗證，一個個皆以為安市城的人堅持不了多久，恨不得馬上就展開進攻，將積攢了兩個月的怨氣全都發洩出來。

然而徐真心裡很清楚，就算動搖了安市城民眾的心理，想要啃下這塊硬骨頭，唐軍也一樣要付出極大的代價。

早在楊萬春夜襲唐營的那一夜開始，徐真手下就沒了嫡系本部人馬，胤宗和高賀術手下的薩勒和柔然勇士也是傷亡慘重，所剩者如今都因功得升，成為了軍中的骨幹。

他很清楚，這最後一戰，必定慘烈至極，所以他必須要做好善後的工作，他第一個想到的自然是凱薩，不過凱薩打定了主意，一定要追隨徐真，而張素靈已經被徐真安排到了李勣的身邊，並不需要太過擔心。

從左黯和寶珠的營帳出來之後，徐真找到了高惠甄，因為金姝是為了救自己而死的，所以高惠甄除了繼承神女的稱號之外，還照顧著金姝的兒子李承俊。

徐真殺死了乙支納威之後，李承俊也大仇得報，整個人都開朗了許多，高惠甄傾囊相授，對這小傢伙關懷無微不至，甚至還賜李承俊姓高，改名為高舍雞。

起初聽到這個名字的時候，徐真就覺得有些耳熟，但因為有正事要跟高惠甄商量，也就沒有多想。

經歷如此多事，李承俊也變得越發成熟，識趣地將營帳留給了徐真和高惠甄。

二人四目相對，久久不能言，高惠甄知道，無論此戰勝負，徐真遲早要離開高句麗，而她乃郡主之軀，不可能跟著徐真離開高句麗，如此一來，除了遙遙相守，還能做些什麼？

外面風雪飄搖，帳篷內，兩個人影慢慢融合在了一起，或許這該是他們最後一次用最簡單粗暴的方式，來訴說內心的無奈和愛慕了吧。

別了高惠甄和李承俊之後，徐真鬱鬱回到了營帳之中，安靜下來之後，突然才想起高舍雞是何許人也。

這高舍雞，可不就是唐朝名將高仙芝的父親。

回憶著腦海中關於高仙芝的記載，徐真迷迷糊糊睡了過去，而此時的安市城之中，因為運回來的口糧，民眾和軍士們已經陷入了混亂之中。

他們忍受饑餓太久太久，城中能吃的東西幾乎都吃光了，天寒地凍，連樹葉都沒有，竹子早就被砍光，竹節用來製箭桿，竹根則被饑民拿去熬水了。

唐軍接濟的口糧雖然粗糙不堪，都是些餵馬的豆餅之類，但對於饑民而言，實在是不可多得的果腹之物，楊萬春見到饑民搶糧，連忙醒悟過來，拍著額頭大叫一聲：「徐真小兒誤我也！」

既已察覺，楊萬春斷然不會看著軍民之心被一堆粗糧給打散，一聲令下，諸多軍士湧入城中，將口糧全部投入了熊熊火堆之中。

軍中長史又四處宣揚，聲稱此乃唐軍欲擾亂城中民心軍氣，城主燒糧，乃破釜沉舟是也，既無退路，何不拚死一戰！

楊萬春這一手果斷決絕，果然鎮住了混亂的局面，更讓民眾和軍士將怨恨都轉移到了狡詐的唐軍身上，一時間人人憤慨，紛紛拿起武器走上了城頭。

楊萬春也是個善戰有謀之人，既是如此，何不將計就計？

沉吟了片刻，楊萬春當即吩咐下去，讓軍民鼓噪起來，四處放火，偽作混亂暴動，很快就引起了唐軍的注意。

果不其然，李勣和徐真見了安市城騷亂，連忙點將出兵，也不等風雪停歇，大軍再次攻擊土山。

瘦死的駱駝比馬大，唐軍雖然也是物資匱乏，但軍士的身體素質遠勝那些饑民，徐真又帶領薛仁貴等虎將不要命的衝鋒，終於是將土山給拿了下來。

楊萬春收縮兵線，退回安市城內，死守城牆缺口，依仗著缺口險要，負隅頑抗，雙方死傷慘重，城下堆滿了屍體。

李世民帶領長孫無忌等一干重臣親臨戰場，於後方擂鼓助陣，唐軍士氣大振，終於殺入了城中。

「誓死不退！」

楊萬春暴喝一聲，身邊親兵齊聲大呼，城中民眾熱血被點燃，紛紛舉起粗陋不堪的武器，湧向了缺口，意圖用自己的性命和屍體，堵住唐軍的道路。

大唐軍律軍紀嚴明，又自詡仁義王師，沿途都未曾騷擾過平民，如今卻殺紅了眼，見得一群群饑民如潮水一般湧來，根本就無暇考慮，舉起手中兵刃就展開了大屠殺。

這些饑民早已是強弩之末，瀕臨彌留，有氣無力，拚著最後一口氣衝上來，卻被唐軍如砍瓜切菜一般殺出一條血路來。

眼看著就要擴大缺口，將攻打了兩個多月的安市城拿下之時，城北突然一聲炮響，一股鐵流轟隆隆撼動大地，將唐軍的尾巴給截斷。

「是泉蓋蘇文的親軍！」

李勣雙眸怒睜，這一支乃甲騎具裝，雖然裝備的是前隋的舊鎧甲，可都是貨真價實的重騎兵，人馬盡皆披甲，長槍如雲，如鋼鐵洪流一般衝散了唐軍後方的陣型，完全呈現碾壓之勢。

若不及時撤退，前軍可就要全部死在城中了。

然而僵持攻打的兩個多月，如今好不容易有機會蕩平安市城，徐真又如何肯退，麾下諸多虎將一個個殺得刀刃滾燙，唐軍氣勢如虹，根本就沒有察覺到後方的危機。

李世民於後方高地擂鼓助陣，見得泉蓋蘇文的甲騎具裝猝然殺來，心頭也是緊張起來。

重甲騎雖然霸道蠻橫，然速度受到極大的牽制，而且需要消耗極大的財力，並不如輕騎那般靈動和低廉，是故大唐重騎並不多，也不會帶上戰場，眼看著就要拿下安市城，突然殺出一隊甲騎具裝來，也是讓唐軍措手不及。

好在李世民也是見慣了沙場之人，連忙命牛進達和長孫無忌領兵衝鋒，阻擋對方的攻勢，聖上這段時間鬱鬱寡歡，正沒處發洩，抽出雙刀來，座下神駒嘶吼踏蹄，如風一般領兵衝殺而出！

他心裡已然憤怒到了極點，不是因為泉蓋蘇文的親軍重騎突然殺出，而是因為平壤道行軍總管張亮毫無作為，兵臨建安城下，卻無法牽制敵人的兵力。

此時也來不及思量這許多，李世民親自領兵，諸將士又豈敢不赴死，唐軍大營可謂傾巢而出，甲騎具裝吃不住唐軍的衝擊，只能趁勢退入安市城，一路踐踏，更是將徐真和李勣的前軍給驅逐出了安市城。

有了泉蓋蘇文的支援，唐軍也無可奈何，只能飲恨撤回大營。

楊萬春不喜反怒，唐軍一路高歌猛進，接連攻克七八座城池，泉蓋蘇文卻無動於衷，明知安市城乃高句麗命門咽喉，卻不派兵來救，如今雙方僵持不下，兩敗俱傷，泉蓋蘇文的兵馬卻來了，而且還是精銳盡出。

在楊萬春的眼中，泉蓋蘇文此時發兵，不是為了救難，而是為了趁火打劫，順勢將安市城拿下來。

果不其然，重騎兵入了城之後，第一時間將楊萬春控制了起來，不服者一律格殺勿論，一時間人頭滾滾，唐軍沒能殺死的軍士，卻死在了同胞的刀劍之下！

楊萬春痛心疾首又怒不可遏，然而卻又無可奈何，安市城已經接近崩潰的邊緣，其手下兵馬也被打得七零八落，與其被唐軍攻陷，還不如落入泉蓋蘇文之手，為了軍民的生存，他只能出面維持，將軍士們的反抗都壓制了下來，安市城由是平定下來。

唐軍這邊損失不可謂不大，原本攻城就是破釜沉舟，又被甲騎具裝一番衝擊，損兵折將不說，對軍心士氣的打擊也是極為沉重。

身為此次行動的提議者，徐真有著不可推卸的責任，長孫無忌趁機彈劾徐真，好在李勣出於愛護之心，替徐真分辨，據理力爭，才將長孫無忌的氣焰給壓了下去。

李世民乃一代明君，又豈會看不透其中關節，說來道去，錯並不在於徐真，而在於張亮無法牽制建安城的敵人。

聖上大發雷霆，當即罷免了張亮行軍大總管的職務，海路大軍放棄進攻建安城，原路返回，而陸路大軍在堅持了半個月之後，終於開始撤退。

第一百八十四章

班師回朝盡皆得封

大唐帝國此次征遼出動十數萬大軍，水陸兩道雙管齊下，耗費國力無數，一路拔城掠地，最終在安市城停下了腳步，未能全功，不得不讓人扼腕嘆息。

然而寒冬已至，軍士多有凍傷，後方補給又無法跟上，若不撤軍，高句麗軍趁機來攻，損失會更大，一番權衡之後，聖上終於決定從高句麗撤軍。

這一天，是貞觀十九年九月十八癸未日。

將士們出征久矣，思鄉情切，聽聞要撤軍，無不歡呼雀躍，聖上見得此景，知曉軍心不可用，不禁搖頭嘆息。

為了防止高句麗的反撲，聖上將遼州和蓋州（即遼東和蓋牟二城）的大部分青壯民眾驅至大唐的內域，以絕高句麗的兵源，又設置遼東都督府，封高仁武為遼東大都督，授柱國，主持遼蓋二州，組織反抗軍與泉蓋蘇文對立抗衡。

此舉對於高仁武而言，喜憂參半，喜的是大唐果真替他打下了大片的土地和城池，憂心的是以留下來的大唐守軍和反抗軍的力量，很難抵抗泉蓋蘇文的反撲，而且雖然他實際掌控著這些地域，但名義上他已經接受了大唐的冊封，這些地域都變成了大唐的疆土。

不過榮留王都能夠接受大唐皇帝的冊封，只要能將泉蓋蘇文這個大奸臣推下臺，他高仁武又何須介意當大唐的官？

徐真與高仁武辭行，又與高惠甄灑淚依依，改名為高舍雞的李承俊更是不捨，但終究是要分道揚鑣。

寶珠到底是泉蓋蘇文的女兒泉男茹，對高仁武欺瞞自己身世也耿耿於懷，不肯諒解，內心也是掙扎萬分。

左黯也不敢勉強寶珠，只是隱藏了她的身份，將她隨軍帶回，遠離高仁武和泉蓋蘇文即將到來的爭鬥。

高仁武本欲將青霞子蘇元朗留下來，然而後者卻執意要跟著左黯和寶珠，高仁武也不好勉強，送走了這些人之後，頓時覺得孤立無援，好在有高惠甄，既是郡主，又是神女，想要籠絡民眾之心，相信也不是什麼難事。

九月末，大軍驅趕著近七萬高句麗人，抵達了遼河畔，由於後勤部隊都深入到了高句麗境內，聖駕降臨之時，居然還未能搭建好渡河的橋樑，此時遼河結了薄冰，卻不足以讓大軍通過，為了鼓舞軍心，先前渡河之後，李世民命人拆了橋樑，如今灰溜溜回來，說不出的苦澀。

看著軍士冒著嚴寒搭建橋樑，李世民突然很後悔，後悔發動了這次征遼，他私下裡曾感嘆，若魏徵還活著，一定會勸阻他不要發動這場戰爭，可惜的是魏徵已死，而且貞觀十七年魏徵病故之時，李世民還懷疑他曾經與侯君集和杜正倫結黨，因而毀掉了他親自為魏徵撰寫的墓碑。

然而他卻忘了，出征之前，以褚遂良為首的言官們，曾經如何力諫他不要發動戰爭。念及此處，李世民不由感慨唏噓，不過這一戰也攻下了高句麗近十座城池，大大削弱了高句麗的國力，無論如何也算是一場勝仗。

長孫無忌在此戰之中的表現本是可圈可點，卻因為徐真和李勣的突出表現，自己就變得黯淡太多，想到聖上已經革了張亮的職，長孫無忌心裡也多有不安，此刻正親力親為，指揮大軍和民夫搭建橋樑。

從高句麗驅趕而來的都是一些青壯民夫，縱使唐軍只提供最粗糙的果腹口糧，也足以讓這些人渡過饑荒，他們雖然沒有技術，但有力氣，在軍中監作和工部的指揮下，滿腔熱火朝天地冒雪作業。

九月二十七，眼看著橋樑就要竣工通行，大雪又初霽，天時弄人，與安市城僵持兩個月，幾乎都是大雪漫漫，如今撤軍了卻又迎來了晴天，不得不讓人怨憤。

沒想到的是，氣溫的上升，讓積雪融化起來，遼河的水位暴漲，兩岸的土地也變得鬆動，好不容易搭建起來的橋樑，居然被突如其來的山洪給衝垮了！

非但如此，橋樑垮掉之後，山洪持續了一夜，到了第二天，河段居然出現了大範圍的泥沼，大軍舉步維艱，人馬陷入泥沼之中，許多人甚至泥沼吞沒，喪了性命。

李世民恨不能指天大罵，憤憤之下，命長孫無忌和楊師道動用了整整一萬人，砍伐樹木來填平泥沼。

雖然有足足一萬人參與這項工作，但到了夜晚，又下起了暴雪，被耽擱在岸邊的軍士和民眾又被凍死了一大批。

橋樑被山洪沖毀，聖上已經對長孫無忌很不滿，如今命他填平泥沼，他哪裡還敢大意，與楊師道一同漏夜指揮，終於讓大軍順利渡過了遼河。

雖然歸心似箭，但大軍直到十月十一才抵達營州，聖上命禮部籌備，自己親自主持，以太牢之禮祭奠戰死將士，又將驅趕而來的高句麗人安置到營州各處，這些人將被當成奴隸，輸送到內陸州郡充當人力。

張儉乃營州都督，又是長孫無忌嫡系，主動請纓應承下這件事，李世民心情稍霽，對長孫無忌的抱怨也少了許多，不過人力是極為珍貴的資源，張儉自然不會放過這樣的機會，從中謀利之事也沒少做。

安頓好之後，已經是十月二十一，聖上即將率軍進入臨渝關（即山海關），皇太子李治收到消息之時，正在定州行宮中與武媚廝混，慌忙組織人手，率領文武百官到臨渝關接駕。

見了聖上，李治難免抱著聖人的腿腳痛哭流涕，這段時間李治都通過驛路直接向聖人彙報監國之事，政事調和，後方無憂，頗得聖上歡心。

二十三日抵達漢武台，聖上命人刻碑文以紀戰功，又逗留了幾日，十一月初七才到達定州，高士廉、馬周、高季輔、張行成等輔政班底率百官迎駕。

一路勞頓，到了十二月，才從定州返回並州，經歷了大戰和嚴寒的李世民罹患癰疽，李治得了長孫無忌的教訓，親自為聖上吸膿瘡，並扶著步輦隨行了數日，讓李世民好生感動。

直到十二月十四日，聖駕終於抵達並州，也見到了自己最思念的女兒李明達，父女相擁，李世民卻不禁想起突然逝世的李承乾，心頭悲痛，身體狀況更是不盡人意。

或許是有感於李承乾的突然逝世，李世民對兒女越發的珍惜，停留並州之時，竟然將李泰重新進封為濮王，而李明達表面上已經變成了徐真的胞妹徐思兒，從五品的淑儀小姐已經是最高封賞。然而為了表示自己對小女兒的疼愛，李世民破例將李明達封為從二品的歸思縣主，大唐禮法有規定，縣主乃親王之女的封號，雖然朝中文武都清楚李明達的真實身份，別說封個從二品的縣主，就算將李明達重新封為公主，諸人都不會覺得奇怪。

可徐真此時不過是左驍衛將軍，冠軍大將軍，並非親王，若胞妹的封號比徐真還要高，說出去勢必不好聽，眾人自然會推想，估摸著聖上還要再次封賞徐真！

然而聖上並沒有繼續封賞，因為他的體力不濟，在並州休養了幾個月，到了貞觀二十年三月初七才回到長安，由於龍體欠安，一般政事都交由皇太子處理，李治也並未有負期望，將國事治理得條條有理。

但有一件事卻是聖上抱病親自主持，那就是李承乾的喪禮，以國喪之禮置辦，國人無不感於聖上鐵骨柔情，讓人唏噓。

諸多出征將士歸鄉療養，軍兵們也得到了休養生息，然而聖上遲遲不封賞，軍方自然有抱怨。

到了三月二十七，常德玄舉檢因戰不力而賦閒在家的刑部尚書張亮私養義子五百人，又與術士公孫常、程公穎等人密謀逆反，聖上命中書令馬周審問，張亮自是不服，然聖意已決，讓長孫無忌、房玄齡至獄中與張亮訣別，而後斬了張亮，籍沒其家。

征遼之戰中，但凡有消極待戰者，一律嚴懲不貸，這才開始封賞諸多有功將士，徐真連本部人馬都拚了個乾淨，先取了圖壤，為唐軍清掃了渡河道路，一路攻城掠地又多得神火營出大力，更是救了李世民兩次，還替李世民擋了致命一箭，可謂居功至偉。

於是，李世民給了徐真一個足以讓整個朝堂轟動的封賞。

留左驍衛將軍、冠軍大將軍，神勇伯爵晉封柳城縣公，授柱國，這一年，徐真年僅二十七歲，年僅二十七歲的二品。

朝堂上下自覺見慣了徐真被封賞，本以為自己不會再為徐真得到封賞而吃驚，然而這一次，他們又震驚了！

聖上雖然只有四十八歲，然而早年四處征伐，身體已經不堪重負，征遼之時又親冒箭矢，策馬血戰，歸途更是遭遇嚴寒侵蝕，身體越發不濟，如此敏感的時期，將徐真提拔上來，用意著實讓人玩味。

非但如此，連徐真嫡系都受到了極重的封賞，並分派到軍中任要職，遼東一戰中出彩冒頭的薛仁貴更是被封為右領軍中郎將，負責鎮守極為重要的玄武門，其中意味不言而喻。

早在駐蹕山之戰後，聖上就召見了薛仁貴，賜馬二匹，絹四十匹，十人為奴，並提拔為遊擊將軍、雲泉府果毅，並對薛仁貴說：「朕之舊將皆老矣，已然無法承擔戰事之重擔，朕每想提拔，皆不出爾之名，朕非幸得遼東，幸得汝也。」

而謝安廷、周滄和胤宗、高賀術、秦廣、薛大義等一干徐真舊將，皆得到了極高的封賞，雖然這些封賞都是他們用自己的命換來的，但不得不承認，這是李世民在為徐真量身打造自己的軍中班底。

每每想到這些，長孫無忌就坐立不安，慌忙與李治密謀，升任東宮左庶子的慕容寒竹也早已守候在旁。

長孫無忌和李治還在密謀朝堂爭鬥之時，徐真已經帶領一干嫡系，進軍薛延陀，執失思力、契苾何力等與徐真分頭並進，大敗薛延陀，諸部混亂，多彌可汗被回紇軍所殺。新晉徐真軍展現出驚人武力，由是震撼朝野。

六月，薛延陀餘部七萬餘人西奔，推舉咄摩支為伊特勿失可汗，李勣隨後率軍而至，縱兵奮擊，與徐真部兵馬合圍，殲敵五千餘人，俘虜三萬口，次月，咄摩支抵達長安，被聖上任命為右武衛大將軍。

徐真部鋒芒畢露，風頭無人能及！

八月，江夏郡王李道宗送親歸來，聖上與之談及駐蹕山之戰，又有李靖陪同，聖上問李靖曰：「吾以天下之眾困於小夷，何也？」

李靖答曰：「此乃道宗所解也。」

聖上由是詢問李道宗，李道宗具陳駐蹕山之戰，一如親見，若當時分兵偷襲平壤，必定能夠大功告成。

聖上悵然若失，悔不當初，低聲道：「彼時若有道宗，又何來如此狼狽……」

八月末，李道宗請戰，與薛萬徹大敗敕勒諸部，諸部酋長如回紇、同羅、僕骨等十一姓遣使入貢，九月，聖上御駕親臨靈州，敕勒諸部首領或酋長數千人到靈州拜謁，奉聖上為天可汗。

一切似乎都恢復了以往大唐的風格，然而此時，遼東再次傳來緊急軍報，聖上不得不再議征遼之事。

只是這一次，朝廷百官的意見，已然是反對的多過贊同，其中暗流湧動，比戰場征伐還要兇險。

第一百八十五章

北荒平定再議征遼

時間到了貞觀二十年六月中旬，去年的今日，唐軍已然攻破了蓋牟城，在高句麗的大地上四處征伐，盡顯大唐國威。

然而大唐剛剛撤軍不久，泉蓋蘇文就捲土重來，他變得更加的傲慢，將唐軍主動撤軍，宣揚成他自己的軍功，更對外宣稱射瞎了大唐皇帝的一隻眼，對蓋州和遼州、岩州三處舊地多有騷擾侵略，並且不斷攻打新羅。

聖上收到情報自是勃然大怒，遣使責令泉蓋蘇文不得窺探邊境，然而泉蓋蘇文卻並不優待唐使，反而變本加厲，對遼東都督府多有侵擾，高仁武屢次組織兵馬對抗，苦不堪言。

其時徐真部軍威大振，回紇等大大小小十數個部落被征服，尊大唐皇帝為天可汗，可謂國威鎮戎狄，陛下遂上朝與群臣議論再征高句麗之事。

褚遂良等一干文臣對上一次征遼本就極力反對，如今剛剛結束了第一輪征伐，國力空虛，還未得到足夠的休養生息，若再度出擊，說不得要引起民怨。

李世民自知身子越來越弱，高句麗永遠是他的一塊心病，若不能征服高句麗，他擔憂生性懦弱的李治繼位之後，會面臨內憂外患，大唐盛世會因此而走向衰落，這也正是他親手將徐真培植起來的原因之一。

雖然文臣治理國家有一套，但出身軍伍的李世民心裡很清楚，若無法掌控國家的軍隊，單靠文治是無法坐穩真龍寶座的。

身為一國之主，他自然知曉徐真與李治之間有些齟齬，然他提拔培養徐真，除了給李治當鷹犬之外，更重要的是替他李世民，監督那些個文武百官，使這些人不能輕易的挾持聖意。

徐真乃是知恩圖報之人，從一個小小的武侯一步登天，聖上對他的恩澤已然重如山嶽，縱使他和李治私底下有何齟齬，礙於聖上厚恩，也必定拚死以報。

且說文武百官都不同意再次攻伐高句麗，李世民心中多有不悅，然又不得不聽取群臣之諫言，暫時擱置了對高句麗用兵的議論。

消息傳到高句麗，泉蓋蘇文開始有些擔心起來，畢竟貞觀十九年的征伐，對高句麗而言，絕對是一場災難，如今土地無人耕作，大片領土被唐軍佔據，若唐國再度征伐，他也沒有把握能夠撐得住。

於是泉蓋蘇文遣使入唐，給大唐皇帝陛下獻上了一對高句麗美人，聖上聽從了群臣的諫言，將美人送回了高句麗，並將賜弓服於泉蓋蘇文，以示安撫。

豈知這泉蓋蘇文就是個劣根子，見大唐皇帝非但沒有收美人，反而賜了弓服，自以為大唐不敢再攻打高句麗，也就變得更加的傲慢，沒有遣使謝恩也就罷了，居然派兵攻打岩州，將岩州都督孫代音趕下了台，佔據了岩州，復名白岩城。

聖上勃然大怒，下詔不再接受高句麗的朝貢，將征伐高句麗的議題重新提了上來。

徐真晉升柱國之後，四處征伐，平定了北荒，如今冠軍大將軍的名頭可謂名符其實，從初次上朝只能縮在殿門，到如今上朝議事坐在了英國公李勣的身邊，除了長孫無忌之流，又有何人敢再輕視他徐真。

見得朝臣們再次反對自己的計畫，李世民只能將目光投向了李勣，然而這一次，李勣也沒有站在李世民這邊。

李世民憤然而立，怒斥道：「爾等乃國之棟樑，奈何如此不堪用！莫不成偌大個朝堂，就無一人體諒朕之良苦用心耶！」

聖人發怒，朝堂頓時死寂，人人不敢抬頭，李世民是越看越生氣，正要散朝，卻見一人出列奏報。

諫議大夫、黃門侍郎褚遂良乃是極力反戰的臣子，然而由於老父逝世，褚遂良辭了黃門侍郎的職位，回家守孝去了，長孫無忌不得不主持反戰大局，自己不好出面，卻讓新晉上位的慕容寒竹出來進諫。

慕容寒竹被提拔為左庶子，正野心勃勃，得了長孫無忌的目色授意，慌忙出列奏曰：「聖上明察，高句麗傍山為城，一時難以攻克，往年大軍征伐，唐境之民誤了時候，不能耕作，所克之城，雖盡沒其糧，然入不敷出，再遇旱災，百姓已出現缺糧的跡象，若倉促出征，怕是國力不濟，不若待得來年，再議征伐……」

此言一出，群臣也是倒抽一口涼氣，如今聖上正在氣頭，新近又平定了北荒諸部，慕容寒竹卻說出這等話來，不觸犯龍顏才是怪事！

然而出人意料的是，聖上並未發怒，只是擺了擺手，讓慕容寒竹退下，眼中卻毫不掩飾對慕容寒竹的欣賞。

徐真心頭警惕，這慕容寒竹居心叵測，又與長孫無忌坑瀣一氣，若讓他得了勢，今後還如何壓制得了。

念及此處，徐真同樣出列道：「陛下，臣有本啟奏。」

正扶著額頭輕嘆的李世民見徐真出列，雙眸頓時泛起精光來，臉色稍霽道：「徐卿有何要說？」

徐真沉吟片刻，好整以暇道：「臣以為征遼之事，並非像諸位同僚所想那般艱難，招募大軍勞師動眾固然不妥，但除此之外，就真的別無他法了嗎？」

朝堂頓時譁然，雖然徐真風頭正勁，但木秀于林，風必摧之，暗中嫉恨徐真的人也越來越多，聽聞徐真如此稟報，諸人都用冷哼來表達自己的不滿。

李世民卻充耳不聞，身子稍稍前傾，用期盼的目光催促著徐真，徐真也不擺姿態，繼續分析道。

「高句麗本屬窮苦之地，物資匱乏，民生艱苦，泉蓋蘇文又把持朝政，窮兵黷武，民眾自是苦不堪言，不得民心甚矣，如今經過我大唐征伐掃蕩，更是雪上加霜，只能故作傲慢張狂，實乃色厲內荏。」

「我大唐完全不必勞師動眾去征討，只需多派偏師深入，輪番侵擾其疆域，高句麗軍民必定疲於奔命，躲入城中避戰，如此卻延誤了農時耕作，必能使其千里蕭條，人心離異，遼東之地，可不戰而取之！」

「若不怕竭澤而漁，我軍完全可以趁機將沿途的田地青苗全數燒毀，待得來年，高句麗必定缺衣斷糧，到時再揮師征伐，定能一戰而定矣！」

徐真言畢，緊緊握拳，高昂起頭顱來，似乎已經看到了來年高句麗民生潦倒，不堪一戰的結局一般。

然而他偷偷掃視了一番，整個朝堂卻鴉雀無聲，似乎所有人都被他的言論驚了一下那般，李勣猛然回過神來，心頭暗道：「妙哉！」

果不其然，李世民聽了徐真的計策，頓時笑顏逐開，哈哈大笑道：「徐卿果是我大唐人才！」

「茂公（李勣表字），徐真得汝之真傳，乃我大唐之幸，今命你為遼東道行軍大總管，徐真副之，左武衛牛進達為青丘道總管，右武侯李海岸為副，領水陸兵馬一萬五，合營州都督府兵馬，共入高句麗。」

「諾！」李勣和徐真等人齊齊站起，欣然領命！

李世民的二度征遼之議被朝臣們反駁了數次，今番終於得以解決，心頭自然暢快，轉入後宮之時還傳出哈哈笑聲來。

退朝之後，文武百官多有搖頭嘆息者，也難怪徐真會深得聖人歡心，從上次征遼歸來之後，徐真就像變了一個人那般，四處征伐，而且每戰必勝，今日又獨得聖上歡喜，若任其發展下去，只怕徐真是要取代李勣之位，成為掌控唐軍的第一人了！

徐真與李勣一同回府，二人好生商議了一番，徐真才回自家的府邸。

因著加官進爵，又得封柳城縣公，柱國之勳，徐真早已搬離了神勇伯爵府，而入駐崇仁坊中的一所大宅，掛牌徐公府，仍舊由摩崖老爺子操持日常瑣碎，府中清一色的高句麗婢子，僕從雜役更是任由驅使。

到了徐公府門前，徐真卻見得一隊依仗分列府門兩側，進去了才發現，原來是被破例封為歸思縣主的李明達來訪，正由凱薩作陪。

李明達向來不太喜歡凱薩，然而時隔兩載，她的心性也成熟了起來，回歸到原先的知書達理，對凱薩也是溫言軟語，以姊妹相稱，又有張素靈從中調和，自然融恰。

見得徐真回來，這小丫頭連忙飛蝶一般撲過來，拖住徐真的手就嘰嘰喳喳說個沒完。

徐真從高句麗歸來之後，未休養太久就出兵北荒，還未與李明達獨自見過面，小丫頭心中本該惱怒，可見了徐家哥哥之後，卻忘記了這事兒，瞥見徐真仍舊戴著自己贈送的鐵扳指，心裡跟吃了蜜一般甜絲絲的。

然聽聞徐真又要領兵出征高句麗，小丫頭不由得癟了嘴，好在徐真並非即刻出征，兵部需要很長的時間來籌備作戰計畫，而且後勤方面也要籌措良多，估計最快也要到明年才能動身。

「以後一定要常來徐公府走動走動才是，否則徐家哥哥一走，又不知道何時才能回歸了……」李明達如是想到。

徐真雖然也疼惜李明達，但首要之事，卻是即將到來的二次征遼備戰，為此，他又跑到閻立德和姜行本的府上，將自己的一些新創意，拿出來相互鑽研討論，希望能夠製造一些新東西出來。

李淳風一直沒有機會拜訪徐真，此次正好到閻立德的府上，與徐真敘了舊情，欣然加入到了研究實驗的隊伍當中，連摩崖老爺子都不甘寂寞，經常往閻立德那邊跑。

時間就這麼不知不覺過去，到了十月，聖上自覺靈州一行消耗了極大的體力，旅途又疲勞，年前想要保養一下身體，遂詔令祭祀郊廟社稷明堂、大臣及四方上表疏、四方朝貢客人、徵調與宿衛換防、發放魚符傳符、任命五品以上官員以及拜官解職、處決死罪等，都上奏與他知悉，其餘事務皆由皇太子李治處理。

到了十二月，以長孫無忌為首的眾多大臣擔心聖上身體，多次請求行封禪禮，剛正不阿的蕭瑀卻不能贊同，諸多文官分為兩派，蕭瑀由是脫離了東宮核心地位。

聖上最終還是答應了舉行封禪禮，詔令製作封禪依仗，送到了太子處，太子越發勢大，然蕭瑀卻因此失勢，遭到罷黜，這已經是他第五次被罷相了。

第一百八十六章

李治出手徐真賀壽

蕭瑀最終還是被解除了太子太保的職務，仍然為同中書門下三品，長孫無忌心頭暗自歡喜，如今高士廉罹患沉屙，已經辭去了太子太傅的職務，李勣又常年掌管軍馬，東宮之事可謂盡數掌控於長孫無忌之手了。

長孫無忌心機沉重，雖然竊喜，卻又生怕自己一家獨大會引起聖上忌憚，遂連同梁國公、新任太子太傅的房玄齡一道進言，辭去了自己太子太師的職務，聖上表面上不說，心裡卻對長孫無忌讚賞依賴得緊。

由於身體還未恢復，李世民就聽從了長孫無忌的勸告，將文武百官的部分奏摺，交給皇太子李治處理，李治自然對長孫無忌這個舅舅感激不已。

為了表示感謝，李治親自上門，與長孫無忌飲宴，席間談及聖上龍誕之日即至，想要為聖上獻禮。

長孫無忌聞言，不由皺眉道：「殿下萬不可如此，聖上節儉，如今剛剛結束征戰，民間多有怨言，若大肆操辦，難免惹了聖上責備……」

李治恍然，避席謝曰：「多得舅爺提點，否則稚奴兒又要多此一舉了……」

話雖如此，李治心頭難免有些想法，畢竟為了討好聖上，他已經想好了慶典的諸多事宜，還特地命人從嶺南快馬運來了一批橘子。

長孫無忌又如何不曉得李治的心思，當即沉吟道：「殿下仁孝，聖上必是歡喜，雖不能大肆操辦，但獻禮也是少不了的。再者，殿下也不必親自操辦，完全可以交給其他人去做嘛……」

李治心想，此等吃力不討好的事情，又有誰願意去做？但他察覺到國舅爺眼中的狡黠，很快就醒悟過來，長孫無忌這是要借機整人了。

其他人可不像他們這般深諳聖意，給聖人獻禮，正是奉承拍馬的好時機，那些個文武百官還不搶著這樣的機會。

念及此處，李治不由問道：「不知舅爺覺得朝中哪位去辦這件事比較合適？」

長孫無忌笑而不語，目光卻伸向了淑儀殿的方向，李治雙眸一亮，頓時會意。

李明達乃聖上的心頭肉，若是她出面操辦慶典，聖上自然不會惱怒，可李明達到底只是個沒主見的少女，要操辦這等慶典，自然要找人幫手，而李明達會找誰當這個幫手？

答案自然是最近風頭最盛的左驍衛將軍徐真。

聖上不會生李明達的氣，但並不代表不會生徐真的氣。

李世民如此大力栽培徐真，自然是要幫李治穩固帝位，可李治卻有著自己的想法，先不說他與徐真早有芥蒂，單說繼位之後，若長孫無忌弄權，這國舅爺畢竟一大把年紀了，活不長久，可如果徐真生出異心來，深得軍方人望的徐真年輕氣盛，若有異心，他李治可就麻煩了。

是故李治對聖上這般安排，並不是很滿意，無論如何，借助聖上之手，對徐真敲打一番，絕對是有利無害之事，於是李治辭了長孫無忌，找到了李明達。

自從知曉李治和武才人有私密齷齪，又經歷了李泰爭寵之事過後，李明達對這位哥哥也產生了隔閡，然而她已經十五了，可以說是個大姑娘了，心性成熟許多，也不再像以往那般的直來直往，便讓女武官將皇太子殿下領了進來。

李治見妹子不親自出來迎接自家，心裡難免有些不悅，但急著設計徐真，也就忍了下來，將舉辦慶生獻禮之事說了之後，李明達果然心頭歡喜，滿口應承了下來。

送走了李治之後，李明達就讓人將禮部侍郎劉樹藝給請了過來，細細詢問相關了事宜，這劉樹藝乃唐初名臣大謀士劉文靜之子，承襲了父輩的智慧，對朝堂爭鬥更是洞若觀火，他素來與徐真交厚，是故又提醒李明達，可找徐真將軍商議商議。

李明達早就想讓徐真來承辦盛典，畢竟徐真可是貨真價實的幻人，若能在盛典上展露幻術，定能將盛典辦得有聲有色，於是二人又到了徐真府上。

此時徐真正在閻立德府上作客，與姜行本、李淳風等一干親近班底研究新型軍械，直至傍晚才姍姍回府。

見李明達和劉樹藝久候多時，心裡也過意不去，好在凱薩和張素靈好生招呼著，並未失了禮節。

李明達自是歡欣雀躍地將事情說道出來，聖上傷病久久不癒，連如今只是三日一上朝，舉辦慶生盛典，也算是為聖人帶來一點喜氣。

徐真心想這也是好事一樁，正要參與進來，劉樹藝卻給了他一個隱晦的目光暗示，徐真心裡也是狐疑。

李明達得了徐真的應允，自是開心，命人將禮物抬了上來，卻是幾盆果樹，樹上結滿了橙黃滾圓的果實，居然是嶺南的橘子！

此時已經是年末，天氣寒冷，橘子九月早熟，晚熟的可以持續到十月末或者十一月初，縱使在嶺南，十二月的橘子也是罕見之物。這些橘子正是李治命人快馬運送回來，打算獻給李世民的，怕途中變質，是故將果樹都一同運了回來，過得些許日子，這些橘子正好熟透，口味最是甜美。徐真欣然收下橘子樹，送走了李明達，卻將劉樹藝留了下來。

他對劉樹藝有著極為深刻的印象，當初在吐谷渾時，利州都督高甄生等人對徐真百般打壓，劉樹藝卻是站在徐真這邊的。

劉樹藝也不打馬虎眼，將慶典背後所隱藏著的深意都告之徐真，希望徐真能夠謹慎行事，徐真不由眉頭緊皺。

這段時間他四處征伐，就是為了避免朝堂的爭鬥，然而此時看來，長孫無忌和李治，到底還是對他徐真不放心啊……

既然得了劉樹藝的提醒，徐真也就留了一個心眼，李明達說到底也是個公主脾氣，想要她放棄慶典，著實有些難度，但又不可操辦得太過隆重，徐真不由沉思起來。

閻立德與姜行本、李淳風三人這段時日也是廢寢忘食，對於他們來說，徐真給出的設計圖實在太過驚世駭俗，甚至於他們都懷疑，徐真是否是真仙降臨，因為這些創意，實在太過天馬行空，但若集合資源，卻又好似真的能夠做到，這實在不得不讓人嘆為觀止。

三人還在討論著如何改良，以便能夠利用現有的資源，進行試做，直到夜色滄瀾，才各自道別回府。

剛將姜行本和李淳風送走，閻立德還未來得及歇息，徐真又趕了過來，見面就將一遝設計圖紙擺在了案几之上。

「這是一個小物件的機巧門子，咱們的事情先放一放，三日之內幫我把這件東西給造出來，再說此事機要，務必保密！」

閻立德將圖紙細細看了一遍，都是一些極為精細的東西，極為考驗技藝，他也不敢打包票，不過堂堂工部尚書，若這等機巧物件都造不出來，豈非讓人笑話。

徐真見閻立德應承了下來，也不跟他客套，先後到了姜行本和李淳風府上，分別交給了二人一份圖紙，同樣只是其中的一部分，並囑託他們，不得向任何人洩露。

於是翌日，閻立德和姜行本李淳風三人不約而同地告假，各自搜集物件，替徐真打造圖紙之物。

與此同時，在李明達的催促之下，徐真只能聯合禮部官員，開始為聖上籌備賀壽大典，一時間活動起來，消息很快就傳到了東宮之中。

聽聞徐真參與其中，長孫無忌和慕容寒竹相視而笑，李治更是笑顏逐開。

十二月二十五，癸未日，李世民上朝議事完畢，禮部侍郎劉樹藝小心翼翼地啟奏，說歸思縣主徐思兒為聖上籌備了賀壽獻禮慶典，李世民不由微皺眉頭。

雖然他疼溺李明達，然身體抱恙，不理朝政，清閒下來之後思慮甚多，對幾年間征伐高句麗和北荒狄夷進行了自我反省，深知民怨漸起，這樣的時刻，實在不適宜勞民傷財的舉辦什麼皇家慶典。

見得聖上沉默，朝堂上頓時死寂，有人幸災樂禍地看著禮部侍郎劉樹藝，也有人看著李勣旁邊的徐真，又看著首位的司徒長孫無忌，還有御案之下旁聽朝議的皇太子，笑容玩味，不言而喻。片刻之後，李世民輕嘆一聲，緩緩對長孫無忌等人說道：「今日乃朕之生日，世人皆以為樂，然到了朕這裡，卻徒增傷感，如今朕可謂君臨天下，富有四海，奈何子欲養而親不在，再也無法承歡於父母膝下，此子路所以有負米之恨也[2]。」

「詩經有云：哀哀父母，生我劬勞；奈何還要在父母辛勞之日飲宴做樂？」

李世民言畢，大抵憶起父母恩澤，雙眼發紅，隱有淚光，身邊的人無不悲哀感慨，禮部侍郎更是如芒在背。

徐真如坐針氈，雖然他明知聖上會不喜歡這等做法，奈何李明達不願作罷，他才硬著頭皮籌備宴會，如今看來，聖上對此事的態度比想像之中還要堅決一些。

大概感受到了諸人的異常，李世民往堂下一掃，禮部侍郎低著頭不敢說話，李世民也只是輕輕搖頭，讓劉樹藝將賀壽慶典都撤了。

正要退朝擺駕回宮，好好訓導一下自己的寶貝女兒，卻見得長孫無忌起身啟奏道：「陛下，這畢竟是歸思縣主的一份孝心，禮部的同僚也操勞了數日，左驍衛徐將軍又不辭辛勞主持大局，想來必是隆重之極，既已籌備完畢，該花費的也都花費了，聖上不如就去看看這慶典吧。」

長孫無忌表面上和顏悅色，一副疼惜同僚的姿態，可細細一想，卻又句句誅心，拐彎抹角就已經將禮部鋪張浪費的事情給釘死了，又將徐真給拉上，實在是高明至極！

李世民眉頭一皺，不由掃了徐真一眼，後者微微抬頭，目光卻有些不卑不亢，李世民長長呼出一口濁氣，不淡不鹹地說道：「既是如此，那朕就去看一看吧，諸位也隨著去，都看看徐將軍和思兒是如何給朕賀壽的。」

註

2 子路在雙親死後無法再為他們背米。

第一百八十七章

吉兆祥瑞申公辭世

朝中文武各懷鬼胎，武將如今對徐真雖有嫉妒，卻再無恨意，反觀文臣，卻多有攀附長孫無忌者，對徐真難免多有鄙夷，言官更是動輒彈劾。

聖上提倡節儉，又感嘆於父母之恩，不願為了自己的生辰而勞師動眾、勞民傷財，偏偏這個時候，居然還有人敢為聖上獻禮，簡直就是拍馬屁拍到了馬腿上，諸多文官自然等著看徐真的笑話了。

李世民對這幫臣子的心思洞若觀火，只是他一手將徐真提拔上來，監察御史等諸多文官不知死諫了多少次，今番徐真被拿住了痛腳，也只能讓人敲打一回了。

他並不擔憂徐真會驕縱自滿，這麼久以來，徐真早已通過了他的考核，只是這樣還不夠，當皇帝，除了恩威並施之外，自然要懂權衡，若一味袒護徐真，反而是害了他。

念及此處，李世民也就不再遲疑，帶著文武百官出了宮門，前往朱雀大街，親勳翊衛紛紛行動起來，諸多嬪妃婕妤也隨駕而行。

李明達被叫到了李世民的身邊來，大唐皇帝陛下不免對自己的女兒一番誡勉，可李明達卻嘟著嘴扭過頭去，竟然生氣了！
李世民也是哭笑不得，但也不好當著文武百官的面訓斥，於是決定到了慶典現場，再好好教訓這女兒一番。
可到了朱雀大街之後，所有人都傻眼了！
只見偌大的朱雀大街兩側人頭湧動，早已被羽林衛隔離開來，而大街的中間卻擺著上百個宴席，席間所坐者，皆為白髮蒼蒼的老者。
「這是在鬧哪一樣？不是說給聖上賀壽嗎？怎地請了如此多老東西來吃宴席？」百官無不驚訝，長孫無忌和慕容寒竹更是面色陰沉。
李世民卻雙眸一亮，朝禮部侍郎劉樹藝問道：「這是怎麼回事？」
「這……」劉樹藝支吾著不語，卻朝聖上身邊的李明達投去了詢問的目光，後者還在氣嘟嘟地惱怒著咧！
李世民也不為難這位劉樹藝，見寶貝女兒背對著自己生悶氣，也是哭笑不得，只好將徐真召了過來，問道。
「徐真，你跟朕說說吧。」
徐真拱手行禮道：「啟稟陛下，此乃歸思縣主的一番心意，名曰萬壽宴；縣主知曉聖上體惜民生，又仁孝無邊，是故讓禮部擺下宴席，將長安城中的古稀老者都請了過來，以聖上的名義，請這些壽星吃宴，好教我大唐人民都尊愛長輩，孝敬父母……」

「這……」李世民聞言，眼眶不由濕潤起來，所謂知女莫若父，李明達素來知書達理，溫柔嫻淑，體貼人心，李世民還納悶，這麼這一次李明達竟做出如此鋪張浪費的事情來，原來這女兒竟有這等心思，這別出心裁的萬壽宴，著實讓李世民好生感動了。

所謂人生七十古來稀，大唐富足豐饒，人民安居樂業，平均壽命也才五十左右，一些番邦異族，人的壽命也就三十、四十，想要將長安城中的古稀老者都請來，可不太容易，再看那宴席上，也並非什麼山珍海味，不過壽星公們一個個吃得眉開眼笑。

「兕兒……阿耶（父親）錯怪你了……」李世民滿是慈愛地給李明達道歉著，李明達卻紅著眼眶轉過頭來，對李世民說道：「阿耶你記掛著祖父祖母，兕兒何嘗不是每日掛念著自己的阿耶？你只要天下人都盡孝尊老，卻不準你的女兒給你也盡盡孝心麼……」

李世民聽了女兒的這番話，心底湧出一股濃濃的慈愛，拉著李明達的手，走出了龍輦，在諸人的簇擁之下，走到了朱雀門前搭建起來的高臺之上，接受朱雀大街上的萬民敬仰。

諸多古稀壽星和街道兩側的民眾見天子降臨，紛紛跪倒於地，頌揚聖上仁孝恩德，一時間山呼海嘯，李世民心神蕩漾，比吃山珍海味，喝玉液瓊漿還要滿意。

李治也沒想到徐真會別出心裁，搞了這麼一齣，他早已命人到禮部去刺探過，聽說徐真要擺上百宴席，就篤定了他必定鋪張，沒想到宴請的卻是精挑細選的民間老者。

他們終究沒有徐真這樣的思想境界，也從未想過皇家宴會居然還有邀請民間這些賤人來飲宴的，如此一來，卻是讓徐真又過關了一次。

聖上身體不濟，見不得太久的風，接受了萬眾朝拜之後，也就擺駕回宮，心情大好，就邀請文武百官到兩儀殿飲宴，不必鋪張，也就想小小的慶祝一番。

百官自然歡欣，李治遂將一盤橘子獻與聖上，權當賀禮，既不奢華，又有吉祥寓意，李世民自是龍顏大悅，諸多官員受了啟發，也都獻上頗有心思的小禮物，儘量低調樸實，武將獻上戰場上收集來的一些小物件，都是來源於番邦異族，既新奇，又彰顯唐國軍威，文官則當場獻上詩詞，或者潑墨揮毫，書法丹青等等。

李世民心頭暢快，來者不拒，與百官同樂，又有女兒相陪，一掃病態，雙頰紅潤，看似年輕了許多！

獻上了橘子之後，李治乾咳了兩聲，百官群臣知他有話要說，都安靜了下來，李治不可察覺地掃了長孫無忌和慕容寒竹一眼，朗聲道。

「多得歸思縣主和徐將軍，讓我等見識了一場意義非凡的壽禮，某提議，諸位與我一道，敬徐將軍一杯！」

群臣大聲附和，遙遙舉杯，徐真作勢慌忙起身，四下裡回敬了一圈，謝過李治之後，一飲而盡，宴會上一片叫好，其樂融融也。

李治飲畢，故作玩笑道：「徐將軍乃國之棟樑，非但戰功勳著，聽聞還是幻術高人，今日良辰，不若施展一二，以賀陛下之壽，諸位以為如何？」

諸人聞言，無不大喜，紛紛哄鬧附和，長孫無忌和慕容寒竹相視而笑，不由對李治另眼相看，蓋因諸人都非常清楚，這幻術並非仙術，勢必要事先有所準備，如今徐真一身朱袍，必是倉促，若拒絕李治或者玩弄一些上不得檯面的爛把戲，可不就貽笑大方了。

李勣知曉其中關節，正想起身替徐真開脫，李世民卻心頭歡喜，當即發話道：「徐卿，朕知你身懷異術，今日就不要再藏拙了，也好讓他們都開開眼界！」

徐真表面上叫苦不迭，心頭卻是慶幸不已，好在自己實現做了準備，否則真要丟醜人前了。見徐真答應，宴會上的觥籌都停了下來，臺上的歌舞伎讓出位置來，徐真緩緩登臺，沉吟了片刻，似乎在考慮該表演一下什麼。

見他面色凝重遲疑，李治暗自開心，想著今次終於能夠讓徐真吃一次虧了。

然而他並未開心太久，徐真就已經開口了：「徐某雖粗通幻術，然出門倉促，巧婦難為無米之炊，適才進來之時，見得殿外有一些花盆兒，不知可否借用一下？」

李世民興致勃勃，揮手道：「徐卿但有所求，儘管拿來用，若用得上，讓稚奴兒給你舞上一闋都成，哈哈哈！」

諸人自是大笑，唐風豁朗開放，漫說尋常人家，就是王公貴族都不拘小節，當今聖人也曾當眾起舞，被引為佳話。

李治訕訕一笑，徐真卻連稱不敢，李淳風趁機說道：「且待某替徐將軍將那花盆兒取了來！」

徐真拱手為禮道：「那就有勞李博士了。」

李淳風走到殿外，只見一排花盆兒置於殿門兩側，因冬季寒冷，花葉盡落，只剩枯枝，辨認了一番之後，挑走了其中一個，抱入殿中，暗下裡卻將那只花盆兒沿口處的白灰都擦拭掉了。

徐真將花盆兒置於身前，又把裡面的枯枝給拔掉，走到聖上面前說道：「某自幼貧苦，直至今日未得嘗過橘子之味，不知聖上能否賜下一顆橘核？」

李世民不知徐真何意，越發好奇，挑了一顆飽滿的橘核，讓宮女送給了徐真。

徐真拿了橘核之後，將其埋入花盆兒的泥土之中，而後盤坐在了花盆兒的後門，開始唱起了祆教的聖經。

諸人不明所以，整個殿堂都安安靜靜，徐真的歌聲悠揚婉轉，連樂師都為之驚嘆，現場很快陷入一種極為詭異的氛圍，彷如梵音入神，滌蕩人心，淨化靈魂一般。

「神了！快看快看！」

「老天！那可是青苗！」

隨著諸人的驚呼，一株青芽兒倔強地鑽出泥土，出現在了花盆兒中間，李世民不由微微前傾著身子，注視著花盆兒中的青苗。

如同歲月從徐真的身邊加速流逝一般，那青苗飛快的抽枝散葉，變得鬱鬱蔥蔥，短短時間居然長成了一株膝蓋高的橘樹。

李治和長孫無忌幾人倏然起身，目光充滿了難以置信，喃喃自語道：「這⋯這怎麼可能！」

老將軍尉遲敬德呆呆地看著盤膝而坐的徐真，猶如看到了一位降臨凡間的神仙！

待得那橘子樹長到半人高，徐真才緩緩站起來，摘下一把青嫩的橘樹葉子，撒向了驚愕的眾人，笑著道：「諸位且驗證一番。」

那些人紛紛將葉子搶在手中，撕開葉子，特殊的橘葉清香撲鼻而來，果然是真實的橘葉！

徐真兩手空空，往橘樹上輕輕一抓，居然憑空抓出一個橘子來，緩緩轉身，雙手獻與李世民道：「這凋零的花盆兒，正如大地破碎的前朝，而聖上則是這顆橘核，使我大唐煥發勃勃生機，枝繁葉茂，四海八荒無不臣服，臣等仰望聖恩，日夜期盼上蒼，為我大唐聖皇祈福，願聖上龍體早已康復，再活五百年！」

徐真此番言語情真意切，雖拍馬溜鬚實在讓人肉麻，可卻又契合他的幻術，讓人沒有任何的不適，一時間掌聲如雷，李世民更是心頭大喜，讓人接下了那橘子。

「朕雖操勞，然諸位愛卿同樣是國之股肱，若無諸位文功武治，我大唐又豈能如此昌榮強盛，申公（申國公高士廉）沉痾日久，朕亦心憂，今日就借了徐卿這吉兆，賜與申公，願之早日康復，再為我大唐建功！」

其時高士廉身染重疾，聖上時常登門探視，其子高履行亦從幽州回來，日夜守候，高履行代父飲宴，自是欣喜，將橘子受領下來，自是謝恩不提。

有了徐真這一手，宴會更加熱鬧，諸人流連忘返，離開之時還對徐真的神術念念不忘，尉遲敬德急匆匆追上了徐真，討要長生之術去了。

且說高履行將今日之時都與父親說了，高士廉心頭感動，沒想到聖上將這橘子都賜給了他，自是老淚縱橫，當即讓兒子剝了一瓣橘子吃下，剩下的則交給兒子，命匠人融了金水，鑄造成金橘，供奉起來。

李世民聽說這事之後，也是大笑不已，想著等過了年，一定親自再去看望高士廉。

然而沒想到的是，正月裡，高士廉卻溘然與世長辭，而高履行卻拿著那被金箔封存的橘子，漏夜入了東宮。

第一百八十八章

謠言四起徐真請辭

有一說：「饑則附，飽則颺，燠則趨，寒則棄，人情能患也。」大抵說的是這凡間之人，窮困饑餓則投靠他人，吃飽了也就遠走高飛了，富貴了的就巴結，貧困了的就鄙棄，多有嫌貧愛富趨炎附勢之本性。

史記亦有云，一貧一富乃知交態，一貴一賤交情乃見；民間也有說，貧居鬧市無人問，富在深山有遠親。

這高履行本就是個仗勢欺人的貨色，平素張揚跋扈，多靠其父高士廉之勢，然父親猝然病逝，對於高履行而言，無異於靠山坍塌，今後縱使能夠世襲個申國公，又如何能再攀高位？

他本是幽州都督，尚東陽公主，封駙馬都尉，高句麗之戰後，奪了些許軍功，調回長安，當了個戶部侍郎，憑著父輩的光耀，加了銀青光祿大夫，正打算更上一層樓，不想父親溘然長逝，他又豈能安坐於榻。

其人雖浪蕩無形，然本性至孝，又對徐真恨之入骨，一時無法釋懷，遂將父親之死，怪罪於徐真所獻之橘，到了東宮，竟是想透過太子，到聖上面前告徐真的御狀，控訴徐真在橘中下毒。

李治聽其言語，也是嚇出一身冷汗來，若徐真所獻橘中果是有毒，其欲所害者非高士廉，而是當今聖上了啊！

因為這橘子本該是獻給聖上的，聖上只是轉賜給了高士廉而已。

茲事體大，李治也不敢擅作主張，連忙將長孫無忌和慕容寒竹都召入府中，慕容寒竹冷哼一聲，當即反駁。

「殿下，徐真雖日益勢大，然事不可操之過急，徐真乃聖上門生，親手栽培，他一身榮耀盡皆聖上所賜，又怎會毒害聖上？若將此事報將上去，聖上反而覺得有人想要陷害徐真，到時反讓徐真更加受寵則已。」

長孫無忌聞言也是頻頻點頭，慕容寒竹片刻之間就洞察事情利弊，可謂機敏過人，又敢當機立斷，極力否決，當真有王佐之才。

李治算是豁然開朗，又是後怕不已，若非請了二位謀士過來，他還真就聽了高履行的話，親自陪著他去大理寺了。

既是如此，李治也就想著將高履行打發回去，免得招人閒話，長孫無忌卻開口道：「殿下，雖不能明目張膽到大理寺，但可以這般這般……」

李治和慕容寒竹聽了長孫無忌之言，心頭暗驚，果然薑是老的辣！

高履行悄悄離開了東宮，一如他悄悄地來。

其父高士廉乃聖文德長孫皇后的舅舅，當年力助聖上發動玄武門之事，被封為侍中，義興郡公，而後又任吏部尚書，進封許國公，加封同中書門下三品，到了貞觀十二年，改封申國公，世襲申州刺史，才沒多久又升任尚書右僕射，十九年，聖上御駕親征高句麗，高士廉任太子太傅，輔佐皇太子監國，可謂國之股肱。

聖上驟聞噩耗，悲痛不能自已，欲親臨高府哭靈，房玄齡收到消息，慌忙來勸，固言聖上大病初癒，不可傷懷，執意諫阻，聖上卻說：「高公與我並非只是君臣，還是我的故舊姻親，又豈能聞其喪而不往哭之！公勿復言！」

聖上言畢，率左右出了興安門，就要往高府去。

長孫無忌正在高府靈堂弔唁，聽聞聖上要御駕親臨，慌忙停了哭泣，出門攔住御駕，勸諫道。

「陛下正在服用金丹，需遵照方子之說，不得哭喪，奈何不為宗廟蒼生而自重龍體。再者，舅舅臨終有遺言，深不欲因己之故去，而讓陛下屈駕前來。」

聖上哪裡肯聽長孫無忌的勸告，固執著要入靈堂去哭喪，長孫無忌無可奈何，只得俯臥於道中，流涕執意諫阻，聖上這才返回了東苑，面南而哭，涕下如雨。

等到靈柩出了橫橋，聖上又登上長安舊城西北樓，遙望著靈柩失聲痛哭起來，國民與群臣有感於聖上恩義，聞者無不落淚。

聖上懷念高士廉之忠義，追贈司徒、並州都督，謚號文獻，陪葬昭陵。

高履行自此閉門不出，絕食守喪，仁孝聞達長安，知者無不唏噓，聖上又命人持手諭敦喻曰：古人立孝，毀不滅身，聞卿絕粒，殊乖大體，幸抑摧裂之情，割傷生之累。

由是起為衛尉卿，進加金紫光祿大夫，襲爵申國公，高履行自是謝恩，卻難掩不滿怨憤。侍郎回報，聖上多有不解，不知高履行為何會心存不滿，遂命近人多多打探。

待得幾日，坊間即傳出風聲，聲稱高士廉並非病故，乃因誤食了毒物，言之鑿鑿，讓人不得不信服。

聖上得了消息，連忙派了幾名千牛到坊間去打探，竟聽說高士廉是吃了御賜的橘子才中毒身亡的。

李世民固然不信徐真會在橘子中下毒，然流言四起，對徐真而言並非好事，有感自己身體越發不濟，朝堂有心之人蠢蠢欲動，李世民心生芥蒂，不得不重新考量對徐真的態度，否則待自己離開，徐真又如何能夠支撐李治的繼位？

李世民破格起用徐真，就是為了防止老臣把持李治之心，如今高士廉新故，就有人拿徐真大做文章，不得不讓李世民警惕起來。

果不其然，七日之後的朝議，言官們幾乎一致彈劾徐真，更有甚者還提議讓三司介入，徹底清查此事，還民眾一個真相，免得朝堂受人誹謗和詆毀。

有剛正固守之輩，甚至當堂指謫徐真為祆教妖人，不恪守正統，反裝神弄鬼，李世民難得上朝議事，卻被這樁事情弄得焦頭爛額，心情自然不能暢快，將徐真召喚出來問道。

「徐卿對此事可有看法？」

徐真心頭輕嘆，他本是個混吃等死的坊間武侯，若非因緣際會遇到了李明達，也不會一路艱辛，成就今日之高位，他知道李世民這個皇帝不好當，也體諒陛下之難處。

在這一刻，他差點就脫口而出，既然你們都覺得我徐真不好，那老子就撂挑子不幹了！

然而如今坊間之人都在謠傳，說他獻上了毒橘，想要謀害聖上，卻陰差陽錯將高士廉給害死了。

徐真在民間有著極高的聲望，因為他本是無知小民，出身於草根，民間有志之士，幾乎都將徐真當成偶像，他的經歷已經成為民間的傳奇與佳話。

明眼人都能看得出來，此事自有幕後之人在推波助瀾，而且敢將聖上捲入其中，必定所圖甚大，又豈是他們所能胡亂揣測的。

若是以前，魏徵等一幫諍臣，三天兩頭就把李世民罵一頓，但都是公然在朝堂之上硬諫，背地裡誰都不敢有小動作，但有圖謀不軌者，李世民是果斷格殺的。

可如今，李世民身體越來越不濟，朝政都交給了皇太子李治，為了順利傳下政權，李世民不得不對這等暗流湧動的風波睜眼閉眼。

想通了這些之後，徐真也就釋然了，他遲疑了一會，而後緩緩開口道：「陛下，臣本是坊間一名不入流的武侯，胸無大志，每日巡視，還能看看街坊上的俊俏小娘子，這般的日子也就夠了。」

說到此處，徐真不由苦澀一笑，咬了咬牙，繼而說道：「然而宿命弄人，給了我為國征戰的機會，這兩年多來，臣歷經大小一百三十餘戰，出生入死，身上留傷三十二處，別人皆以為我只是小人得志，又有何人能體會臣與生死一線之際掙扎之痛楚？」

徐真此番話語發自肺腑，不是控訴，卻勝似控訴，李勣等武將們心頭激蕩，這何嘗不是他們的心聲？

文官卻一個個惱怒不已，這不是在罵文官不懂體恤武將，使得武將們在戰場上為國出生入死，回了朝堂還要受到諸般傾軋打壓。

李世民也是出身戎馬，前半生多與武將打交道，自然清楚徐真之言並非虛張誇大，念及徐真為自己擋死，胸口難免堵得慌。

徐真也不想太過牢騷，點到即止，隨後終於跪於朝堂，請辭道：「某本只想著為國征戰，守家衛國，開疆拓土，若有人不能相容，徐真就此請辭，卸甲歸去也就罷了！」

徐真此言一出，堂上頓時一片譁然。

武將多有驚愕惋惜，文官們卻一個個心頭暗喜，然而諸如李勣等老人，卻不由直搖頭，對徐真頗為失望，到底是年輕了一些，朝堂之上，哪個不是苦苦掙扎，如此真性，到頭來也只能像蕭瑀那般，草草收場而已。

李世民也沒想到徐真會做出這樣的抉擇來，小小挫折都經受不住，今後又如何能夠獨當一面，成為李治的棟樑和支柱？

他本有意保全徐真，只是想做個樣子，讓文武百官順勢饒人，卻不知徐真直來直往，厭倦了這等暗地裡的勾心鬥角，居然直接撂了挑子！

聖上臉色陰晴不定，徐真低頭長跪不起，群臣面色各異心懷鬼胎，朝堂上死寂如冬夜，竟無人敢說話。

李世民正遲疑未決，卻見殿門附近的武將佇列之中，周滄和胤宗等一干徐真親信紛紛出列，跪地而齊聲請辭。

薛仁貴和謝安廷、秦廣、薛大義這幾位與周滄胤宗等人不同，他們熟知官場規則，深諳聖上最忌結黨拉幫，周滄等人對徐真死忠，這是要犯了龍顏的，然而想攔卻已經攔不住。

果不其然，本來遲疑的李世民見得如此情形，勃然大怒道：「爾等欲反耶！既如此不堪用！全都給我滾出去！」

第一百八十九章

遠離朝堂出使天竺

所謂好事不出門惡事行千里，徐真被削左驍衛將軍、冠軍大將軍之職，只保留了柱國的稱號，消息不脛而走，短短幾日之間，已然傳遍了整個長安城。

正應了那句老話，爬得越高，摔得也就越疼，然而讓人疑惑的是，事情並未像徐真所想那般，沒有人將他的辭職當成心虛，關於他獻上毒橘之謠言也是戛然而止，就好像隨著他的辭職，所有的事情都得到了完滿的解決了一般。

徐真回了府邸，閉門謝客，只與親近往來，李靖因腳疾退仕養老，徐真難得清閒下來，就上門拜訪，老爺子並未因徐真之舉而責怪，反倒撫慰徐真，欣賞徐真的性情，雖不容於爾虞我詐的朝堂，但不得不，徐真卻是個錚錚的軍人！

相比之下，李勣則持不同態度，他到底是對徐真有些失望了，難免痛心疾首地訓誡了一番，徐真也只是嬉皮笑臉滿口稱是，李勣也拿他沒轍，反倒讓他惹得哭笑不得，只能佯怒著將他踢了出去。

一朝失勢無人問津，門庭冷落，那些搶著巴結軍中新貴的人，也不再來徐公府叨擾，避之猶恐不及，而閻立德和姜行本、李淳風卻主動來訪，著實讓徐真感到心中溫暖。

周滄等人也被解除了職務，好在薛仁貴和謝安廷、秦廣和薛大義等人仍舊留在軍中，若他們也挺身而出，說不得聖上真的要懷疑徐真有結黨謀反之嫌了。

為了徹底清除徐真的勢力，神火營的弟兄們都被打散，而後編入其他將軍的麾下，只留能夠操控真武大將軍的熟手老手，用來調教新人。

樂得清靜之時，徐真就到李靖府上討教內功和兵法，到李勣家去聆聽教誨，與閻立德三人繼續研究新武器。

晚上則跟凱薩修練雙人瑜伽和七聖刀秘術，經歷了近兩年的修練之後，徐真的七聖刀秘術已然登堂入室，左黯作為關門弟子，徐真也不藏私，乾脆將雙人瑜伽的訣竅傳給了他，再由凱薩將另一部分傳給寶珠，讓他們二人好生修練。

這年輕人定力不足，本是極為嚴肅的瑜伽術，讓這少男少女來修練，夜深人靜之時，府邸經常傳出讓人臉紅心跳的叫聲來……

張素靈年紀也不算小了，一直都由凱薩教導著，照顧徐真和凱薩的生活起居，於二人而言，張素靈已經不是外人，在某個美好的夜晚，張素靈終於加入到了徐真和凱薩的修練之中。

徐真樂得自在，朝堂上卻爭論不休，自從徐真卸任之後，李勣心灰意冷，以身體抱恙為由，向聖上告假回鄉。

聖上自己身體也不太好，知曉身體抱恙之苦，遂讓李勣回鄉療養一段時日。

而偏偏這時，突厥車鼻可汗在金山北麓建立牙帳，擊敗薛延陀殘部，收編了人馬，擁兵三萬，對唐境多有侵擾。

這邊還沒個對策，又有西趙蠻族首領趙磨率兵馬一萬餘，騷擾大唐邊民，兵部忙得團團轉之時，又送回軍報來。

說是龜茲國王伐迭死後，其胞弟訶裡布失畢即位，逐漸忘記了臣屬國的禮節，非但不來朝貢，還侵擾鄰國。

聖上即命兵部統籌，四處發兵鎮壓征伐，然而神火營的弟兄在高句麗一戰中傷亡慘重，如今又被打亂了編制，操控真武大將軍的都是一些新人，火炮的威力由是發揮不出來。

真武大將軍早已成為了大唐軍制勝的秘密武器，然而沒有了神火營的底蘊，無法將真武大將軍的威力發揮到極致，以致唐軍接連受挫，此時文官們又坐不住了。

聖上無奈，只能讓昆丘道行軍大總管、左驍衛大將軍阿史那社爾，副大總管、右驍衛大將軍契苾何力，還有安西都護郭孝恪等人，前去鐵勒部族十三州、突厥、吐蕃、吐谷渾等地，聯合進軍，討伐龜茲。

自吐谷渾之戰一來，唐軍可謂每戰必捷，然而徐真剛剛請辭不久，就發生了這般的挫敗，不得不讓人去想，難道這兩年來的勝利，都該歸於徐真頭上？

大唐的軍隊素質本來就極高，又有府兵制這等優良的養兵練兵制度，再加上徐真的真武大將軍和驚蟄雷，自然橫掃敵酋。

然而徐真掌控著驚蟄雷的核心技術，真武大將軍又需要神火營來協調操控，武將們多有怨言，眼看著袍澤傷亡，不由懷念起徐真以及他麾下的神火營了。

文官們仍舊嘴硬，結果又打了幾場小敗仗，雖然兵馬損失不大，但對於一向無往不利的大唐雄師而言，對軍心士氣的打擊卻是無法想像的。

到了這個時候，又有人開始提議復用徐真，李世民卻勃然大怒，於朝堂上大發雷霆，斥責道：「難不成沒了徐真，我大唐軍中就無人可用了嗎？他在坊間當小武侯的時候，我大唐蕩平突厥，橫掃四野，何嘗打過敗仗！」

諸多文武再無多言，李世民回宮之後卻鬱鬱寡歡，他說的也是事實，徐真沒冒出頭之前，大唐軍隊也少有敗績，然而如今虎將遲暮，傷的傷，老的老，死的死，連薛萬徹、牛進達這樣的出身，都成了各衛的大將軍，薛仁貴等一干潛力新人又在培養當中，青黃不接，實在讓人心憂。

李世民心頭沉悶，召了武才人來寬慰身心，武才人也是個機靈討喜的性子，言語之間多有撫慰，聖上遂將想要起用徐真之意洩露了出來，豈知武才人第二日就將此消息轉告李治知曉。

李治和慕容寒竹商議了一番，設計買通了聖上身邊的宦官，向聖上進了讒言，說徐真聽聞朝堂百官覆議起用他，四處向人炫耀，說當今大唐，唯他能常勝云云。

李世民疾病纏身，果是聽信了讒言，打發徐真率領一百餘人，護送王玄策出使天竺去了。這一趟山高水遠，沒個一年半載又哪裡回得來，這分明是要將徐真下放了！

李治等人見聖上如此處置，心頭頓時大喜，如今聖上已經將朝政都交給了他，沒有徐真在軍中，他大可以在軍中安插自己的親信，待徐真歸來，說不得東宮的勢力已經將軍隊徹底滲透了！

這王玄策本是個籍籍無名之人，出自洛陽，與玄奘法師同鄉，曾為融州黃水縣令，而後才升為朝散大夫。

貞觀十五年，北天竺的瑪卡達遣使來唐，王玄策以副使身份前往天竺答訪，時隔數年，如今終於能以正使的身份再次出使天竺。

天竺多奇人奇物，又有玄奘法師西遊在先，唐人也多好奇天竺風物，然畢竟山高水遠，旅途艱辛，是故王玄策這位正使實在無法吸引眾人之目光。

徐真與之隨行，充當護使將軍，真真是要貽笑大方。

然而朝堂眾人一番打探之後，卻聽說徐真非但沒有失望，反而欣喜非常，王玄策到徐公府拜訪，竟然得了接見，並留下來吃了宴席。

周滄等人也不明白自家主公的意思，但主公出使天竺，他們一定是要跟著去的，非但如此，連摩崖老爺子都喊著要出去見識一下佛陀的世界。

於是乎，周滄和張久年等紅甲十四衛，加上左黯和寶珠，還有凱薩、摩崖、張素靈這幾個親近的人物，都編入了徐真的護軍隊伍。

王玄策此時乃太子右率衛長史，將造訪徐公府的情況都報與太子知曉，李治也是不得其解，不過徐真失勢至此，李治卻是可以放心了。

但慕容寒竹卻不放心，又命蔣師仁給徐真當副將，與王玄策一道制衡徐真，或伺機而動，從中取事，讓徐真再也無法回到中原來。

王玄策心頭大驚，雖說徐真如今只是使者團的護使將軍，手底下也就三十多個人，其餘護衛都由蔣師仁統領，然他畢竟還是堂堂柱國，封爵乃柳城縣公，王玄策和蔣師仁根本連徐真的一根腳趾頭都比不上的。

李明達聽說徐家哥哥要出使天竺，慌忙跑到內宮去見駕，然她素知聖上最忌宮人議政涉政，是故最終都沒有為徐真說情，咬牙又跑到了徐公府來，希望徐真能夠留下來。

徐真下意識要摸李明達的頭髮，此時才發現，李明達已經長高到自己的耳朵，是個美豔動人的大姑娘了，手尷尬的就停在了半空。

李明達卻毫不在意，將徐真的手捧在臉上，發自肺腑地挽留徐真，因為她已經打聽過關於天竺的情況，那可是個極遙遠的地方。

徐真卻心意已決，想要暫時離開大唐，不想再捲入朝堂的爭鬥之中，況且，史書上如果記載無誤，那麼，王玄策此行，可是要驚天動地的！

看著泫然欲泣的李明達，想起二人這兩三年來的經歷，徐真不免動情，輕輕地在李明達的額頭上吻了一記，柔聲道：「妹子，等妳家哥哥回來哦！」

都說大唐風氣開放，其實只是相對而言，就算在大唐，輕吻妹子額頭之事，已然跟私定終身沒太大差別，李明達臉紅心跳，卻又來不及羞澀，也不知哪裡來的膽子，踮起腳來，一嘴吻上了徐真的唇。

她一直在等自己長大，一直在等徐真不再將自己當成女孩和小妹，如今分別在即，徐真終於接納了李明達，她又豈能不開心？

然而她很清楚西行之旅由多麼的艱難和漫長，這一分別，卻不知何時才能相見，若還不袒露自己的心跡，更待何時？

夕陽斜下，映照著二人的身影，拖出長長的影子來，久久沒有分開。

貞觀二十一年的三月，王玄策所領銜的大唐使節團，正式離開長安，踏上了漫長的西行之路。而與此同時，大唐皇帝陛下將李勣召了回來，正式開始商議二度出兵高句麗的具體事宜。

第一百九十章

天竺北國劇變突生

正是四月南風大麥黃，棗花未落桐葉長；青山朝別暮還見，嘶馬出門思故鄉。

這才走了一個月，旅途的新鮮感已經耗盡，隨之而來的是枯燥與跋涉的艱辛險阻，好在使節團打著大唐旗號，又有近百的護軍，一路上又得到地方上的接待，徐真等人也並未受苦。

想當年玄奘法師耗費了十八年之久，才從天竺取得經藏，可謂歷經艱險，感泣人神，而王玄策因為有了第一次出使天竺的經歷，路線明確，人強馬壯，物資又富足，是故約摸著兩年時間就能夠再次回到長安了。

這才短短一個月，徐真已經穿過了他曾經苦戰過的甘涼二州，進入了瓜州，過了玉門關，即將入磧（大沙漠）。

徐真稍稍停馬，取下水囊來，小心翼翼的抿了一小口，潤了潤乾裂的口唇，仰頭看了看刺目之極的烈日，鼻腔被熱氣熏得刺痛難耐。

放好水囊之後，他下意識摸了摸手指上那個鐵扳指，念起與李明達分別的情景，內心不由湧出一股動力，而他的另一隻手，也同樣帶了一個扳指，不過是玉質的血扳指。

當日他剛離開朱雀門，一匹快馬就追上了他，將這玉扳指和一封密信交給了他，他尋了個無人的空當，將密信瀏覽了一遍，而後默記在心，將密信撕毀之後，吞入了腹中。

想起密信之中的內容，徐真不由眼眶濕潤，不過此事干係重大，他甚至連最親近的凱薩都沒有吐露半個字。

前面黃沙千里，不知何處才是盡頭。

到了這裡才真是人間四月芳菲盡，酷暑難耐，諸人的行進速度也放慢了下來，而在帝都長安，同樣迎來了炎熱的夏季。

聖上身體抱恙，中了風寒，苦於京城炎熱，於四月初九，命人開始修繕終南山的廢宮，也就是太和宮，並改名為翠微宮，用以避暑療養。

到了五月初，聖上臨幸翠微宮，詔令文武百官上奏啟事等，一概交予皇太子李治，而此時李勣已經率軍渡過遼河，開始了對高句麗的第二次征伐。

渡河之後，遼東道行軍大總管李勣，率領李海岸、鄭仁泰等行軍總管，領兵三千及營州都督府所轄兵馬，掃蕩陸路，攻克南蘇城和木底城，一路燒殺，極盡掠奪之事，也不戀戰，燒殺乾淨就退了兵。

第一次征討之時，唐朝大軍止步於楊萬春所固守的安市城，當時李勣就發了願，若破城必定三日不掛刀，盡屠城中之人，如今一路燒殺而來，也算是解了自己的心結。

而在海路方面，左武衛大將軍牛進達被任命為青丘道行軍大總管，與隨之趕來的李海岸一道，率領了一萬餘人，從萊州渡海，攻打高句麗南部沿岸。

到了七月初，牛進達領本部兵馬攻克了石城，俘虜男女近千人，催兵至積利城下，高句麗出兵萬餘拒戰，李海岸率軍兩翼突擊，將敵陣擊破，斬首二千餘級！

無論是李勣的部隊，還是牛進達的軍馬，盡皆以燒殺擄掠為目的，大肆破壞高句麗人的生活生產，來去如風，使得高句麗蒙受極大損失，苦不堪言，國情越發雪上加霜。

捷報傳回來之後，李世民也是大喜，這次征遼在朝堂之上也是承受了諸多壓力，好在長孫無忌力挺今次的征討，如今將士們歷經大小數百戰，戰無不勝攻無不克，李世民遂犒賞三軍，各種封賞毫不吝惜。

連司徒長孫無忌都遙領極為重要的揚州都督，實則不之任，仍舊留在長安輔佐皇太子李治。

七月入了秋，天氣漸涼，聖上以翠微宮地勢險要狹窄，不容文武百官，詔令於宜春鳳凰谷再營建玉華宮，到了七月二十六，聖上才擺駕回宮。

歷朝歷代帝皇多喜大興土木，然大唐皇帝陛下素來節儉，如今卻接二連三營造行宮，長孫無忌似乎嗅到了一些什麼，於是他暗中指使齊州人段志沖上書議事，請求聖上將朝政都交由太子處理。

朝堂之人何嘗看不出長孫無忌的意圖？

聖上的身體日漸衰弱，行為舉止和處事不再如往常那般律己，前幾個月的政務都交由太子來處理，命房玄齡和長孫無忌輔佐，而外戰之事則全數交給了李勣，其中意味再清楚不過，只是誰都不敢公然談論這種事。

李治聽了段志沖的上奏，頓時滿臉憂傷，懇請聖上再攝朝政，涕淚如雨下，長孫無忌等一干文臣惶恐不已，請求聖上斬殺段志沖。

李世民雖然身體不行，但頭腦還算清醒，手書詔令謂曰：「夫聞以德下人者昌，以貴高人者亡，是以五嶽凌霄，四海亙地，納汙藏疾，無損高深，段志沖以匹夫之身而欲使朕退位，朕若有罪，是其直也；若其無罪，是其狂也；譬如尺長之霧欲遮天，無損於天之廣大，更似一寸之雲要污染烈日，無損於太陽的光明則也。」

因李世民的胸懷，段志沖沒有受到處罰，然而長孫無忌和李治急於上位之心，卻已昭然若揭。

大唐廟堂上的暗流湧動逐漸明朗，而徐真終於隨著使節團抵達了傳說中的天竺。

此時天竺分為東南西北中五部分，以中天竺國力最為強盛，王玄策要訪問的正是中天竺的國王，戒日王濕羅疊。

一路上苦悶，徐真早已從老通譯的口中，瞭解到關於天竺的許多知識，對於戒日王濕羅疊，徐真也頗有好感。

這位帝王可謂一代雄主，從十五歲開始就四處征伐，統一了天竺北方的大小諸國，頗有雄心壯志，玄奘法師來到天竺之後，將大唐皇帝李世民的無上功勳也帶了過來，濕羅疊遂將李世民視為畢生要超越的偶像。

濕羅疊非但是一位功勳卓著的民族英雄，更是出色的詩人和劇作家，他的胸懷寬廣，雖然本人信奉天竺本土的濕婆教，但他的家人有信奉佛教的，也有信奉伊斯蘭教的，更有信奉拜火教的。

他也想效仿天竺傳奇帝王阿育王，對宗教採取兼併包容的扶植政策，並不約束國民的信仰，頗得人心。

望著前方那一座座金頂佛塔，大片大片的土堡和石樓，充滿了異域風格的白石建築，徐真等人恨不得盡情歡呼，將長達數月的旅途苦悶都發洩出來。

王玄策也是躍躍欲試，讓老通譯持了國使的文牒，入城去通報求見，徐真率領三十餘親兵押後，副使蔣師仁則帶領六十護軍，與王玄策緩緩朝王城進發。

夕陽斜照，王城的金頂折射出漫天金光，遠觀之下，整座王城都似用純金建造出來的一般，不得不讓人心馳神往。徐真不由暗自讚嘆。

他稍稍扯下一路上遮掩沙塵的頭巾，露出如刀削斧刻的臉頰，為了不被曬傷，他已經蓄起了大鬍子，雖然風塵僕僕，然則少了一份清秀，卻多了一份英武。

「郎君…我心有不安…怕是要出事，讓弟兄們都警覺一些的好……」凱薩身為頂尖刺客，危機感極強，馬蹄踐踏在泥路之上，她總覺得泥土都能湧出鮮血來一般。

徐真只是輕笑撫慰了一番，心裡雖不在意，但還是拗不過凱薩，命周滄等人警戒著四周的情勢。

王玄策和蔣師仁見狀，不由對徐真一陣冷嘲熱諷，笑話徐真太過小題大做，似乎徐真就是沒見過世面的土鼈，而已經來過一次天竺的王玄策，似乎終於找到了強於徐真的優越感，得意洋洋地領兵緩行。

然而他的笑容很快就停止凝固，因為在夕陽的斜照之下，一名天竺騎兵背著角旗，策馬而來，他的長槍高舉，槍頭上卻串著幾顆人頭。

蔣師仁目力過人，很快就認出那長槍上的人頭，正是入城通報的老通譯和隨行的護兵。

「糟糕了！弟兄們！事情有變，快結陣！」

蔣師仁大聲吼道，護軍全部催動胯下戰馬，結成了防禦圓陣，而徐真麾下三十餘親兵都從馬背上取下了巨大的連弩，在夕陽的照耀之下，一身紅甲如浴血浴火一般刺目！

可他們很快就陷入了絕望之中，因為對方那名騎士背後的地平線上，很快就湧出密密麻麻的馬頭和人頭，粗掃之下，不可計數，該有近千人。

騎兵轟隆隆地撼動大地，大唐使節團的護軍們嚇得手都抖了起來，因為他們只有近百人，而對方一下子就出動了近千的騎士，雙方實力實在太過懸殊。

眼看如此情景，王玄策頓時驚呆了，但他很快就反應過來，若是戒日王濕羅疊，絕不會斬了老通譯，如此看來，該是中天竺發生了朝變，換了國王了。

他幾乎下意識就讓護軍們放下了兵器，因為他乃大唐國使，無論對方的國王換成什麼人，都應該不會拒絕大唐朝的使者，更不敢擅自殺害大唐國的使者。

蔣師仁對王玄策言聽計從，手下六十護兵紛紛下馬伏地，然而徐真和弟兄們早早做好了警戒，見得騎兵來襲，隨著徐真一聲呼嘯，紛紛往南面的草甸疾馳。

「該死的徐真，這是要惹怒這些天竺人了啊！」王玄策見徐真本部逃走，不由破口大罵！

那些騎兵果然對王玄策等人秋毫無犯，然而他們到底是看見了徐真等人的離開，一名將軍模樣的人揮舞手中的彎刀，嘰裡呱啦咆哮著，騎兵大隊轟隆隆朝徐真等人追擊了過來。

第一百九十一章

弟兄離散偶遇公主

王玄策覺得徐真逃跑乃是多此一舉，非但無法逃離，只能惹怒天竺騎兵，然而徐真卻不得不跑，因為他幾乎是發自本能的認為，一旦落入這些天竺人的手中，自己絕對無法保全性命。

在這一點上，凱薩和摩崖與徐真擁有著高度的默契，因為他們也有著這種不祥的預感，也正是因為這種預感，才使得凱薩心生不安。

徐真與弟兄們畢竟不熟悉地形，只能按照行軍打仗的本事，穿過草甸，往西南方的一座小山逃亡，希望能夠躲入山中以自保。

天竺人的騎兵很快就追了上來，徐真和弟兄們的戰馬已經疲累不堪，然性命攸關，只能拚死支撐，眼看著敵人越發臨近，騎士們的羽箭如雨線一般落在馬屁股後面，諸人也是心頭發涼。

又疾馳了一刻鐘，他們終於看到了前方那條小山谷，通過這條小山谷，應該就能夠進入小山的腹地，散入密林之中的話，定能躲過騎兵的追擊。

眼看著生機在望，徐真和弟兄們加快了速度，跑得戰馬直吐白沫，然而剛剛到了谷口，敵人已經從左右兩翼包抄了過來！

「用弩！打開缺口，別讓他們包圍了！」

徐真心頭大急，周滄等人都是百戰悍將，紛紛舉起連弩來，往左右兩側一陣陣激射，箭矢如水一般潑灑出去，對方騎兵如割麥子一般一片片倒下，竟然被硬生生嚇住了！

敵人似乎發現了連弩的巨大價值，反而不願殺死徐真等人，反正己方有近千人，一人一口唾沫都能將徐真等人淹死，又豈會生擒不了徐真的隊伍？

然而他們低估了徐真本部人馬的實力，三十弟兄，人人配備連弩，身上還帶著二十發的鐵箭矢，雖然亂軍之中無法填箭，但每人也有十連發，加起來就是三百枝鐵箭矢，這些弟兄都是跟隨徐真生死百戰倖存下來的老卒，一個個驍勇無比，連弩更是得心應手，箭無虛發。

這些天竺騎兵雖然人多勢眾，然而皮甲軟薄，哪裡擋得下威力無比的連弩，噗噗聲不絕於耳，騎兵們一個個栽倒在地，絕大部分居然都是額頭中箭，強勁的弩箭甚至洞穿了腦袋，瞬間就將敵陣掃出一個缺口來。

「突圍！」

徐真一聲令下，趁著敵人還未來得及合圍，就往小山谷裡衝，那敵將充分見識到了連弩的威力，心頭越發火熱，更加堅定了生擒徐真等人的想法，指揮了騎兵大軍再次圍攏過來，竟然將徐真部的去路給堵死了！

事到如今，也只能拚死一戰，不消徐真吩咐，弟兄們的連弩碰碰連發，十根鐵箭矢全數傾瀉出去，敵人又是大片大片倒下！

十連發完畢之後，徐真等人將連弩丟掉，紛紛抽出刀來，首尾相顧，被敵人圍得個鐵桶似的。

騎兵紛紛讓開一條道，那名敵將策馬而出，用天竺語朝徐真等人說了些什麼，然而老通譯已死，徐真一干人又聽不懂天竺語，只能相互僵持著。

那敵將見徐真不應答，也是勃然大怒，揮手之下，諸多騎兵舉起長槍，就要強行擒拿徐真等人，徐真再也坐不住，朝周滄點了點頭，後者從馬背上取下一顆驚蟄雷，猛然投入到了敵陣之中！

「轟隆隆！」

驚蟄雷猝然爆炸，血肉頓時橫飛四濺，敵人一個個被嚇得面如死色，如同見到了天兵天將一邊驚駭，戰馬更是四處驚走，相互踩踏，場面混亂到了極點。

「衝出去！」徐真趁著混亂之際，揮舞著長刀，直取那名敵將，那人被爆炸衝擊波震得昏頭轉向，還未反應過來，只覺脖頸一涼，已然人頭落地。

周滄等人四處衝突，徐真斬落一名敵人，搶過一柄長槍，策馬而回，將那敵將的人頭挑在槍頭之上，竟有幾分百萬軍中取人頭如探囊取物的絕世英雄之姿態。

天竺兵們見主帥被斬，也是心頭駭然，然而對方的人數實在太多，紛紛湧了過來，周滄等人皆負重傷，徐真滿身是血，眼看著弟兄們一個個被擒拿，徐真也是懊惱不已，早知道就跟著王玄策，乖乖就範也就罷了。

正當此時，那小山的坡上卻突然爆發出山崩地裂一般呼喊，竟然又殺出了一支軍馬來！這些人有騎兵有步兵，男女老少皆有，眨眼之間就殺入陣中，與天竺兵混戰在一處。

徐真也分不清狀況，只能拚死斬殺那些騎兵，他的視野一片血紅，想要尋找凱薩等人的蹤影，然而身邊茫茫多的異族人，卻是將他和弟兄們徹底分開，他心急如焚，急於殺出一條血路來，然而腦後一痛，眼前卻黑了下去。

等到徐真悠悠醒來，發現自己躺在一方織毯之上，模糊的視野裡，一名天竺少女正附身替他擦拭著額頭的汗水。

這天竺少女全身包裹在紗麗之中，只露出白皙的手臂和平坦結實的腰腹，赤足的腳腕上還戴著銀環，修長的雙手留著長長的指甲，手腕和手掌都戴著銀質的手鏈，徐真稍稍抬高視線，看到一雙淺色的眸子，以及覆蓋在少女臉上的面紗。

此時天竺少女的紗麗跟後世印度的相差不大，都是用長長的絹布層層包裹，便捷又充滿了神秘的美感，更透著若隱若現的誘人之色。

徐真掙扎著想要起來，卻發現自己全身赤裸，慌忙將旁邊的毯子扯過來蓋在身上，那少女卻噗嗤一聲笑出來，並未因此而感到羞澀。

她緩緩站起來，留給徐真一個誘人之極的背影，蜂腰肥臀，妖嬈無比。

少女走到一張方几前面，取來一物，徐真定睛一看，正是自己隨身攜帶著的祆教聖經《聖特阿維斯塔》。

「你…是…瑣羅亞斯德的使者？」少女用生硬的古波斯語問道，徐真日夜研讀祆教聖經，早已精通古波斯語，發現少女並無惡意，便點頭回答：「我是聖火使者，來自東方的阿胡拉之子。」

那少女一聽到阿胡拉之子五個字，慌忙朝徐真跪拜，而後又快速跑了出去，將幾個老者引了進來。

那幾個老者似乎不曉古波斯語，完全靠少女來充當通譯，徐真與之交流了一番，總算是弄清楚了來龍去脈的實情。

早在幾個月前，戒日王濕羅疊病逝，帝那伏帝的國軍阿祖那趁亂篡位，他是個篤信濕婆教的人，對於濕羅疊的宗教政策很是反感，篡位自立之後就進行了殘酷的宗教迫害，月餘城的民眾紛紛外逃求生。

而濕羅疊的王族後裔也混入到了流民之中，得以逃脫，以濕羅疊的正統名號，招募忠勇之士，反抗阿祖那的殘酷統治。

這阿祖那是知曉大唐國的，但他排斥所有跟濕羅疊有關的東西，包括戒日王極為崇拜的大唐國，但他也忌憚大唐國的勇士，於是他排除了千餘騎兵，擒拿了王玄策等人。

根據少女的情報，非但王玄策和蔣師仁，連周滄等人也都被抓回了月餘城中，周滄等人因為戰場上勇猛無比，素來敬重勇士的阿祖那只是將他們關押起來，而王玄策那邊，除了他和蔣師仁，其他護兵竟然全部被斬首，人頭就掛在月餘城頭示眾。

徐真知曉周滄等人性命無憂，也是放心了不少，瞭解了這些事情之後，他也很是好奇，遂朝少女問道：「你應該是濕羅疊國王的王族後裔吧？」

這其實很容易推測出來，因為這位少女正是帶領流民軍團從山坡上衝殺阿祖那騎兵團的首領。少女那清澈動人的眼眸閃過一絲驚奇，不過很快就鎮定了下來，朝徐真答道：「尊敬的阿胡拉之子，奴家名叫阿迦濕麗，戒日王濕羅疊是我的父親……」

徐真雖然已經猜到阿迦濕麗出身不俗，但沒想到對方居然是戒日王的女兒，堂堂天竺公主，不過阿迦濕麗和那幾位老臣都是祆教的篤信者，徐真身懷聖特阿維斯塔和聖火令，又精通純熟的古波斯語，葉爾博的身份做不得假，也不需太過卑微。

徐真傷勢並不重，只是脫力而已，經過了幾天的修養之後，也就恢復了過來，阿迦濕麗將徐真的隨身物品都交還給徐真，其中就包括唐使的身份文牒。

弟兄們落入敵手，徐真斷然不可能苟且偷生，遂與阿迦濕麗商議，聯合反抗軍攻打月餘城，然而當徐真到了軍營參觀了一番之後，他果斷放棄了這種想法。

因為這些人與流民無疑，簡直毫無戰鬥力可言。

阿迦濕麗身負國仇家恨，又見識到徐真的勇武，特別是從所未見的連弩和驚蟄雷，更是讓她燃起了無限的希望來。

也正是因為那枚驚蟄雷，她對徐真乃阿胡拉之子的身份就更加堅信不疑，她固然想讓徐真幫她奪回王國，然而這必定是個極為漫長的過程。

以徐真的祆教神使身份，想要招募一大批祆教信徒來起事，並沒有什麼難度，可武器裝備卻成了極大的問題。

既然天竺之人不堪用，徐真就打起了援兵的注意。

王玄策此行出使，目的有三，其一自然是訪問天竺，這其二卻是要到吐蕃去拜會松贊干布，其三則是替聖上看看文成公主。

徐真也想著要去看看李無雙，然而王玄策早就從李治那裡得知了徐真與李無雙之間曾經有過一些情誼，為了打壓徐真，他故意繞開了吐蕃，聲稱等到從天竺回歸之時，再去訪問吐蕃。

徐真畢竟是柱國，為了這件事，還跟王玄策鬧了一場，最終雖然沒能先去吐蕃，但徐真卻從王玄策的手中，取回了自己的使者文牒，就只差沒有分道揚鑣。

如今阿迦濕麗的力量不堪大用，徐真就動了心思，聯想到史書上對王玄策的記載，他毅然做出了決定。

「阿迦濕麗，我希望你能夠陪我去一趟泥婆羅（尼泊爾）！」

天竺公主顯然有些疑惑，她那會說話的眼睛直視著徐真，輕聲問道：「神使要去泥婆羅做什麼？」

「我要去借兵！」

第一百九十二章

泥婆羅國徐真借兵

阿迦濕麗聽徐真說要去泥婆羅借兵，心頭頓時興奮難耐，二人準備妥當，即刻策馬北上，投往泥婆羅借兵去了。

既知曉周滄、凱薩等人性命無憂，徐真也放下心來，在阿迦濕麗的指引之下，快馬馳騁，兩人帶了七八匹馬，除了馱沿途吃喝用度，還可以更換腳力，走了幾天，到了一條滔天大河（岡底斯河），二人停下歇息。

雖天氣寒冷，然長途跋涉風塵僕僕，身上更是髒汙不堪，阿迦濕麗到底是個女兒家，又出身王族，天生愛清潔，見徐真在營帳內小憩，就偷偷跑了出去，沿河搜尋了一番，果是找到了一處極佳的洗浴之地。

這大河沿岸多暖石，皆因地熱上升，以致形成了噗噗冒泡的溫泉，四周溫潤的暖石圍起來，簡直就是天賜的洗浴溫湯。

阿迦濕麗心頭大喜，寬衣解帶就泡入溫泉之中，反正這方純淨的天地之間，就只有她和徐真二人，也不需忌憚有人會偷窺。

溫熱的泉水浸泡洗刷著疲累的身子，阿迦濕麗不由發出低低的呻吟，全身粉嫩，雙眸迷離，氣霧蒸騰之間，完美的身子若隱若現，膚若凝脂，如同失落人間的仙子。

且說徐真於帳篷內小憩，雖渾身疲累，然一直保持著警醒，見阿迦濕麗離開營地，他也不擔心，畢竟男女有別，一路上總需要解手方便，二人也是心照不宣。

可這一次，阿迦濕麗卻久久不歸，徐真難免擔心起來，沿途他們不止一次碰到野獸，這阿迦濕麗雖然也是習武之人，然若碰上大型猛獸，也是無法倖免，於是徐真就捉刀而起，循著足跡去尋阿迦濕麗。

冬季的大河表面上很是靜謐，河面上的浮冰相互碰撞，不時發出啰啰的碎裂消融聲，而河底卻咆哮奔騰，徐真踩著沿岸的圓石，如獵犬一般尋找著蛛絲馬跡。

大概過了一刻鐘，仍舊沒見得阿迦濕麗的蹤跡，徐真不由緊張起來，他想高聲呼喚，又怕萬一她真的遭遇到危險，突如其來的叫聲會讓她更加危險，於是只能繼續默默尋找。

沿著河灘又走了百步有餘，徐真卻是眼前一亮，因為前方三丈開外，居然有一堆衣物，卻不見阿迦濕麗的蹤影！

「糟糕！不會被野獸吃了吧！」徐真心頭大驚，阿迦濕麗的所穿的紗麗乃王族的紅色，如同一團血般刺目，徐真也想過阿迦濕麗或許在洗身，可又見不到她人，情急之下，慌忙奔了過去。

那堆紗麗並無血跡，安放紗麗的石頭後面卻有一池溫泉，咕嚕嚕冒著泡，氣霧蒸騰，若非急於尋找阿迦濕麗，徐真都想進去泡一下了。

徐真抓起那堆紗麗，放在鼻子下面嗅聞了一番，並無野獸的氣息，只有淡淡的少女體香，他更加疑惑，正欲繼續前行，那溫泉卻突然水響，阿迦濕麗從水底冒出頭來，長髮披肩，堪堪遮擋住圓挺飽滿的胸脯，霧氣之中，一雙迷離的眸子，正充滿了誘惑地直勾勾盯著徐真。

阿迦濕麗乃天竺公主，天生貴氣，又美麗動人，平時紗麗遮掩了身姿，盈盈一握如弱柳扶風般的蜂腰都讓人浮想聯翩，旅途之中雖被冬衣包裹，可仍舊掩蓋不住極好的身材，如今一絲不掛的出現在徐真面前，這叫人如何能夠抵擋！

徐真已經二十八歲，正值血氣方剛，這一路上孤男寡女，漫說對方是個絕色妖嬈的異族公主，就算是個姿色平庸的女子，都已經產生了旖旎的想法了。

天竺人對男女之事多有研究，對房中之樂更是追求廣泛，早在兩三百年前就出現了《歡喜經》[3]，男女之間的花樣更是窮出不窮，讓現代人都為之驚嘆。

阿迦濕麗的丈夫已經在叛亂中喪生，久不承雨露，早已寂寞難耐，其對徐真有崇拜仰慕，早聽到徐真的動靜，卻是耍了個心機，潛入水底，如今見徐真眼中並無抗拒，一把就將徐真拉入了池水之中。

天竺人最是敬神，而女子敬神的最好方式，無疑是為神獻身，在與神使的肉身溝通之中，體悟神性，接受神啟。

徐真乃貨真價實的祆教神使，能與之交歡，簡直就是所有虔誠的天竺女子的心願，阿迦濕麗又豈能放過這個機會。

溫泉的滋潤恢復了徐真的精力，而徐真的滋潤則使阿迦濕麗容光煥發，二人稍作歇息，美美地吃了一頓之後，繼續上馬，穿過辛都斯坦大平原，以巍峨通天的喜馬拉雅聖山為目標，一路來到了泥婆羅。

泥婆羅即後世的尼泊爾，位於吐蕃西面，乃吐蕃屬國，其俗剪髮與眉齊，穿耳環，食用手為器，無匕箸，其器物皆銅製，多商賈而少田作。

而泥婆羅聞名天下者，卻是其地乃佛教之發源，千百年來佛教徒四方傳教，是一方充滿了神奇的神秘之地。

徐真乃大唐使者，阿迦濕麗又是天竺公主，二人順暢無阻地進入了國都，見了泥婆羅的國主。

這泥婆羅的國主不過三十許，翹翻風流，臉頰凹陷，目光如鷹，聽了徐真的請求之後，卻遲遲不願發兵相助，只是將徐真和阿迦濕麗好生招待，每日貢獻美人，又讓人將泥婆羅的風物特產都敬獻於徐真，甚至還請了國寺中的得道高僧來給徐真講法。

徐真心急著到天竺救人，哪裡會被對方的款待所蒙蔽，然而對方不借，自己也不可能強

註

3 愛經：大概出現在西元一世紀和六世紀之間，具體問世時間不太確切。

奪，無奈之下，徐真只能通過長駐泥婆羅的吐蕃使者，以大唐柱國的身份，向吐蕃的贊普器宗弄贊求援。

這泥婆羅乃是吐蕃的屬國，而吐蕃已經向大唐朝貢，泥婆羅的尺尊公主亦嫁給了器宗弄贊，其地位卻自然無法和文成公主相比。

且說李無雙聽聞大唐使節團被俘天竺，大唐柱國徐真隻身到泥婆羅借兵，心裡也是焦急，馬上與器宗弄贊商議，調動一千二百精銳騎兵，星夜趕往泥婆羅，聽憑徐真調用，又命泥婆羅調動騎兵七千，交由徐真來指揮。

李無雙從大唐帶來了上百的工匠和技師，帶來了大唐朝的先進工藝，對吐蕃的幫助實在太大，文成公主於是成為了吐蕃的贊蒙（王后），被人民尊稱為甲木薩，意為天仙一般的漢女。

正因為李無雙擁有如此地位，器宗弄贊毫不猶豫就同意了她的提議，若非顧忌自己王后的身份，李無雙早已親自帶兵去尋徐真了。

吐蕃的一千二百精銳騎兵到了泥婆羅之後，將贊普的詔令交於國主，泥婆羅國主這才相信徐真的身份，也看到了徐真在吐蕃贊普眼中的地位，而徐真向吐蕃騎兵團和泥婆羅國主承諾，拿下天竺，所得戰利品，他分毫不取，個人自留自用，他不會做任何的干涉。

泥婆羅國主大喜，連忙召集了七千騎兵，聯合吐蕃的一千二百人馬，由徐真帶著，直撲天竺。

總管近萬人雖不是徐真領軍的最高人數紀錄，然而近萬的純騎兵卻是他手底下統領過的最強戰力。

這一路殺奔過去，沿途的大唐藩屬國又紛紛派出大大小小的援軍團，到了天竺之後，總人數已經超過萬人！

徐真統領萬人之軍，自是信心滿滿，然而阿迦濕麗卻告訴他，阿祖那的軍隊雖然兵器鎧甲低劣，但人數卻高達十萬，其中還有騎兵和天竺特有的象兵。

大象身軀龐大，衝撞踩踏之下，尋常騎兵根本就奈何不了象兵團。

泥婆羅和吐蕃騎兵一聽說象兵團的人數就已經過萬，嚇得臉色發白，紛紛勸諫徐真不要太衝動。

徐真也沒想到對方的勢力會如此強大，難怪會派出一千騎兵來捉拿他們三十多人的隊伍，這是裝備不行就用人頭來彌補啊！

這心裡頭一遲疑，行軍速度不由慢了下來，徐真正欲催促，卻聽得陣前一頓騷亂，他連忙策馬來到前方，卻見得一道濃稠烏黑的「黑龍」正從地底沖湧而出，將騎兵陣攪得一塌糊塗。

「是石油！」

徐真眼前一亮，一道靈光如雷霆一般擊中他的靈魂，慌忙讓軍士們將所有能用得上的東西都取出來，瘋狂的收集這些原油。

泥婆羅和吐蕃軍並不知曉石油的功用，更有迷信者紛紛傳說開來，說這黑油乃是地獄魔王的穢物，一時間人人驚惶。

徐真卻出面安撫，朝眾多軍士解釋道：「此乃阿胡拉之恩賜，是對我作為神使的一種獎賞，諸位弟兄不必驚慌，只需按照本總管的吩咐行事，本總管必能保證此戰大捷！」

這些騎兵都是泥婆羅和吐蕃的精銳，執行能力那是無可挑剔的，雖然心頭不安，但仍舊按照徐真的囑託，將這些原油都收集了起來。

雖然拖延了一些時間，然而有了這些原油，徐真的信心又湧了上來，加速行軍，不多日就兵臨城下，來到了茶博和羅城外，早已收到斥候回報的阿祖那聽說逃脫的唐國大使領兵殺了回來，不由親自登上城頭遙望。

目力所及之處，只見上萬精銳騎兵浩浩蕩蕩而來，雖然人數比阿祖那這邊少了不知多少倍，但騎兵們一個個目光如刀，殺氣騰騰，展現出極出色的作戰能力！

阿祖那不敢輕敵，召集了七萬軍馬，出城迎戰！

第一百九十三章

徐柱國一人滅一國

阿祖那率領一萬象兵，步騎三萬餘人，一同出城迎戰，為了徹底震懾敵人，他還命人將王玄策和蔣師仁，以及凱薩、周滄等徐真弟兄們全部綁上城頭觀戰。

這是徐真第一次見識象兵團，這一萬象兵雖然沒有披甲，但大象背上配了坐鞍，每頭大象馱著三名士兵，弓手刀手和長槍兵各一，而大象的象鼻子也被銅鐵包裹，象牙上捆綁短刀利刃，可謂聲勢駭人至極。

泥婆羅和吐蕃騎兵們早已聽說過天竺象兵的名聲，如今親眼目睹，心頭已自覺輸了一半，軍心士氣瞬間低迷到了冰點。

徐真這邊的騷亂很快就引起了阿祖那的注意，雖然他麾下軍士連像樣的鎧甲都沒有，但人數卻是徐真部軍的數倍，又有象兵壓陣，根本就是一場沒有任何懸念的戰鬥。

王玄策見徐真居然借了一萬兵馬，頓時浮現出一絲生機來，同時也免不了一番嫉妒，可這些情緒慢慢沉靜下來，剩下的就只有嘲諷，因為他在城頭看得清楚，雙方陣營的人數多寡優劣一眼就能夠看得出來，此戰徐真必敗無疑！

然而周滄等人卻不以為然，他們知道徐真必定會救他們，只是時間遲早的問題罷了，而且他們很清楚徐真的性子，自家這位主公，從來不打無把握的仗。

若按尋常戰鬥之法，阿祖那必定先派騎兵和步兵去消耗對方的人數，而後再出動大殺器，用象兵團去徹底碾壓敵人，然而如今他見勝局已定，也生出輕敵之心，彎刀往前一指，親兵揮動令旗，象兵團轟隆隆震撼著大地的脈搏，朝徐真部衝鋒而來。

這些戰象都經過了訓練，狂奔起來簡直如天崩地裂，非但徐真這邊的人馬心驚膽戰，連城頭觀戰之人都屏住呼吸，冷汗直下，想像著被大象踐踏成肉泥的恐怖畫面。

徐真見對方動手，朝副總管點了點頭，那位吐蕃將軍慌忙策馬回到軍陣後方，大軍中間分開一條大道來，露出數百頭渾身黑乎乎的壯碩大狂牛。

泥婆羅國沒有烙餅等製作的軍糧，只能驅趕了牛羊隨軍而行，充當食物，這七八百頭牛乃大軍的糧食，此時牛身上全部都是大總管徐真命他們收集的黑油，那些地獄魔王的穢物，全部潑灑到了狂牛的身上。

阿祖那見對方驅趕出數百頭黑牛，而且黑牛身上都馱著數個陶罐，想來應該是對方的物資，不由心頭狂喜，城頭守軍更是哄笑不已，這仗都還沒開始打，對方已經獻上黑牛來求和了。

天竺人雖信仰繁多，可戒日王死後，阿祖那專權，只尊濕婆教，其他宗教都會遭受殘酷鎮壓驅逐，如今城中多是濕婆教的信徒。

濕婆教以牛為尊，見徐真獻上數百頭牛，又豈能不歡喜，雖說不是白牛，可也說明對方做了功夫，連投降的貢品都準備得如此妥當。

徐真見對方軍心怠慢，心頭大喜，諸多騎兵在後驅趕，數百頭浸透了原油的牛如發狂一般朝象兵團疾奔而去！

「各部準備！」

徐真抽出長刀，低吼著下令，一萬騎兵齊刷刷取出兵器來，泥婆羅的騎兵身披密集的鎖子甲，部分戰馬也同樣披著甲，手中或許是細長的鐵矛，或許是巨大的彎刀，論裝備確實優秀精良於天竺兵的幾倍。

眼看著象兵團和狂牛陣就要衝撞在一起，徐真朝吐蕃將軍點了點頭，後者取下背後巨大的硬弓，搭上一根特製的長箭，親兵打著火鐮，點燃了箭頭，吐蕃將軍深吸一口氣，弓如滿月，一道火光瞬間拋射了出去！

這火箭落在狂牛陣之中，將中箭的那頭牛瞬間點燃，如同火炬丟入滾油海一般，七八百頭浸透了原油的狂牛全部轟然燒了起來，疼痛讓牛群變得更加的瘋狂，轟隆隆就衝入了象兵團之中！

這些戰象雖然經過訓練，然而卻怕火，一時間紛紛躲開這些狂牛，陣型頓時混亂，大象相互衝撞，把背上的士兵都摔落地上，被躁動不安的大象踩得血肉模糊，生死不明。

狂牛身上的大火熊熊燃燒，很快就使得牛背上的陶罐滾燙火熱，陶罐內的原油終於爆炸開來，狂牛已經散佈到象兵團的內部，順著一聲爆炸，就好像第一塊倒下的多米諾骨牌，數百頭牛背上的陶罐紛紛爆炸開來！

「轟隆隆！」

上萬戰象居然被七八百頭火牛擊散，火牛身上的油瓶爆炸開來，徹底瓦解的象兵團，根本不需要徐真的騎兵出手，象兵團相互衝撞踩踏就造成了極其嚴重的傷亡。

這些戰象的坐鞍能夠容納三人，是捆綁固定在象背上的一隻大大的竹籃，很容易被引燃，狂牛的油瓶爆炸開來，烈焰四處濺射飛灑，也不知引燃了多少戰象，敵陣之中頓時一片火海，哀嚎遍野，黑煙滾滾直上雲霄，無論是阿祖那還是城中守軍，都徹底看呆了。

徐真沒有發呆的時間，他將水囊中的水從頭淋下，而後揮舞長刀，殺入了敵陣之中。

「殺！」

吐蕃將軍和泥婆羅的騎兵首領從震驚之中回過神來，仿效著徐真，將水淋在身上，率領騎兵發動了衝鋒。

他們都聽說徐真是阿胡拉之子，但信奉佛教的他們並沒有太多的感受，聽徐真說這些黑油油的魔王穢物是阿胡拉的恩賜，他們只是嗤之以鼻，而如今，在他們的眼中，徐真就是傳說中那個阿胡拉之子，貨真價實，如假包換。

「殺！」

天竺軍已然死傷了大半，戰象的狂亂還在繼續，這個節骨眼上，早有準備的徐真率領一萬精銳騎兵衝殺過來，一路摧枯拉朽，天竺軍如何能夠抵擋，阿祖那悲憤難當，卻只能領兵撤退。

那些戰象被點燃，發自本能奔入護城河之中，象背上的士兵溺水者無數，騎兵和步兵陣營同樣被象兵團衝擊踐踏，瘋狂回撤，比之前衝鋒還要迅捷，然而城門太過狹窄，騎兵和步兵抵抗不住，紛紛跳入護城河逃生。

此消彼長，徐真部軍士氣衝天，一番番衝殺，將護城河都染成了濃稠到化不開的血色！很多軍士眼看沒辦法逃，只能繳械投降，敗局已定。

此戰徐真打得驚天動地，不過局勢卻只是一邊倒，阿祖那象兵騎兵步兵加起來將近七萬人，徐真以一萬精銳衝殺，竟然殺敵六千餘，溺斃萬餘，俘虜一萬多人，可謂以寡勝多的完勝。

阿祖那心驚膽寒，慌忙逃回茶博和羅城，守城不出，徐真趁勢而為，驅趕了新收的天竺俘虜，砍伐樹木，搬運山石，製造出大量的拋石車和雲梯等，又命人再去取了原油回來，對茶博和羅城發動猛攻，裝滿了原油的火罐不斷拋射到城內，茶博和羅城之中的大火就沒能熄滅過。

阿祖那慌亂不堪，打算棄城而走，逃亡東天竺。關鍵時刻，被囚禁的周滄等人終於行動起來，深得徐真技藝真傳的左黯，將一枚指環掰直，打開了囚籠，將周滄等三十人放出來，放倒了守衛之後，取回了自己的兵器鎧甲，甚至連弩都拿了回來。

阿祖那正是垂涎連弩的威力，才沒有殺死周滄等人，連戰場上的鐵箭矢都收集了回來，小心存放在皮袋之中，周滄等人毫不客氣就取走。

王玄策和蔣師仁沒想到周滄等人如此驍勇，連忙向周滄等人求救，雖然這王玄策和蔣師仁一路上對自家主公多有冒犯，但畢竟是同胞，又是大唐使者，張久年最終還是將二人放了出來。

三十二人潛伏在城中，眼看城外攻勢如狂風驟雨，阿祖那趁機想要逃走，周滄等人突然殺出，裡應外合，茶博和羅城終於被攻破。

阿祖那帶領殘兵逃亡東天竺，求得東天竺國主屍鳩摩的幫助，借得一萬援兵，又糾集了散兵殘將準備反攻唐軍。

徐真既拿下了茶博和羅城，遂將阿迦濕麗推上正統，重尊戒日王之名，阿迦濕麗以公主的身份發起號召，中天竺國民無不歡慶，順從者不可計數，徐真的事蹟傳播開來，阿胡拉之子的名號響徹天竺！

拜火教的信徒紛紛茶博和羅城朝聖，親吻徐真之足，接受徐真的撫頂祝福，這位來自大唐的祆教神使，簡直如同天神下凡一般！

徐真也沒有違背承諾，攻城所得任由泥婆羅和吐蕃軍士取用，這些騎兵更是心滿意足，然而他們畢竟人數有限，剩餘大量的物資，全部由阿迦濕麗組織軍民收集起來，開始重建茶博和羅城，戒日王的班底重新回來輔佐阿迦濕麗。

阿迦濕麗如同在夢中一般，她雖然將復國的希望都寄託在了徐真的身上，然而沒想到居然如此快就實現了夢想。

阿祖那捲土重來的消息很快就傳到了徐真耳中，他與張久年商議了一番，很快就定下策略，用阿迦濕麗新招募的流民軍充當誘餌，自己的精銳卻撤出茶博和羅城，埋伏於兩側。

阿祖那求勝心切，聽斥候說大唐使者已經帶著泥婆羅騎兵走了，連忙指揮了軍隊來攻打茶博和羅城，卻被徐真從兩側包圍過來，一舉全殲了阿祖那的殘部，連阿祖那都被俘虜，餘者盡數坑殺！

阿祖那的妻子擁兵數萬據守朝乾托衛城，徐真以歸還阿祖那為誘餌，騙開了城門，騎兵突襲，徹底拿下朝乾托衛城，遠近城邑望風而降，中天竺宣告滅亡。

徐真拷問了阿祖那，才知東天竺的屍鳩摩協助他進行反攻，徐真勃然大怒，就要發兵，順勢把東天竺也給滅了。

屍鳩摩收到消息，嚇得魂飛魄散，連忙命人送了牛馬萬頭，弓刀瓔珞財寶，還有一頭珍稀之極的白象，向徐真謝罪，表示要臣服大唐帝國，徐真這才放過了他。

第一百九十四章

王玄策偶遇濕婆女

徐真成為了天竺的傳奇，可以預想，待他回到大唐之後，這一人戰一國的滔天功勳，必定能讓他再度成為長安城的新貴。

相比之下，王玄策則顯得有些碌碌，蔣師仁麾下護軍更是全軍覆沒，前段時間徐真攻下了茶博和羅城，才得以從城頭取下弟兄們的人頭來。

阿迦濕麗與諸多戒日王舊臣忙著組建天竺王朝的班底，又安撫民眾，赦免囚徒，免除賦稅，收容諸教信徒，忙得不可開交。

徐真卻開始籌備物資，準備離開天竺，返回大唐，蓋因他計算了一下時日，若回去晚了，可就大事不妙了。

別人或許不清楚，但他卻看到了未來，若遲個一年半載回去，李治就要登基為皇，到時候可就沒有他的容身之處了。

這也是他為何一定要滅掉中天竺的原因之一，史書上雖然記載寥寥，但若無他徐真，這一人戰一國的千古功績，本該落在王玄策的頭上，可他橫看豎看，這王玄策都是一副要死的樣子，又怎會折騰出這麼大一件事情來？

難不成以後還會有變數，將史書上本該屬於他徐真的記載，劃歸到王玄策的頭上？

不過這也是後話，徐真沒有過多的糾結，他如今最感興趣的就是他那頭白象。這屍鳩摩果真被徐真的大軍嚇破了膽子，將整個天竺最為珍稀的一頭白象都獻與了徐真。

這頭白象身軀比尋常大象要龐大許多，長牙彎曲如刀，身上關鍵部位都覆蓋金甲，與其說是用來作戰的，不如說是專門用來擺威風的。

周滄等人早就見識過了象騎兵的巨大威力，在阿迦濕麗的幫助之下，三十人各自得了一匹戰象，張素靈和寶珠這樣的小丫頭更是欣喜不已，連凱薩都不禁心動，諸人每日跟著馴獸師學者馴服調教戰象，樂此不彼，好不快活。

王玄策和蔣師仁臉上無光，卻又自恃身份，好在徐真也不跟他們計較，讓人送了兩頭戰象給他們，這倆老小子表面上不屑，背地裡一張老臉都笑成了秋菊。

這日，王玄策騎著戰象出去瞎逛，抬頭見得遠處金頂直插雲霄，心馳神往，不知不覺竟來到了這處濕婆神廟。

大象在天竺乃尊崇與富貴的象徵，能夠騎著大象四處逛的，又怎會是平庸之輩？加上王玄策又是唐人的模樣，得益徐真的光耀，神廟的人也沒敢攔著王玄策，任由他騎象而入。

在天竺這樣的篤信國度，神廟比皇宮都還要金碧輝煌，王玄策頓時眼界大開，如行走於皇家園林遊覽一般，心內不由嘖嘖稱奇。

繞過了前殿之後，王玄策突然發現後殿的雕塑風格陡然變得詭異起來，這些雕塑乃赤裸著的男女形象，以各種不可思議的姿勢媾和交歡，若是尋常教徒，則只會覺得神聖而無淫邪，可王玄策又不信教，見得這等活春宮一般的畫面，不由心猿意馬。

他的目光全數被這些雕塑和畫像所吸引，不覺意就放鬆了對戰象的操控，正看得下腹火熱，座下戰象卻抬起鼻子來長嘯了一聲，將王玄策給摔了下來。

王玄策到底有些身手，可精力全數集中在了雕塑和壁畫之上，戰象突然受驚，他也猝不及防，一下子就摔了個結結實實，忍痛爬起來一看，原來自己的戰象差點衝撞到寺廟中人。

前方一名大學三十年紀的天竺女人臉色有些發白，但強自鎮定著，身邊簇擁著的四五名金刀衛士正警惕著王玄策的戰象。

那女人吸了一口氣，阻攔了衛士們拔刀的動作，緩緩走到戰象的前面來，典雅而高貴，如同不識人間煙火的女神。

走得近了，王玄策才發現，此女眉心處居然有一道豎立的肉痕，如同開了天眼一般，那女子慢慢抬起手來，撫摸著戰象的長鼻，龐大的戰象居然朝女子緩緩跪伏了下來。

此時女子如成熟的紅蓮一般長身而立，金頂折射的光芒沐浴之下，瞬間就俘獲了王玄策的心。

王玄策雖然在大唐也有妻妾，然而何嘗見過此等異域佳人，正欲上前去搭話，那女子卻用純正的唐語朝他問道：「尊貴的大唐客人，衛士驚擾了您的坐騎，還望您不要責怪。」

王玄策心頭巨震，沒想到居然還有唐語講得如此道地的天竺人，加上此時此刻自己動了春心，他慌忙以文士之禮回道：「是某太過莽撞，差點衝撞了娘子……」

這娘子二字一開口，王玄策頓時臉紅耳燙，又自我介紹道：「某乃大唐國使節官王玄策，不知娘子芳名？緣何懂得我大唐語言？」

天竺娘見王玄策謙謙有禮，也是一展微笑道：「奴家名叫娜羅邇娑婆，是這神廟之中的化身神女……」

娜羅邇娑婆還想說些什麼，卻見得一道血跡從王玄策額頭上滑落下來，迷了王玄策的眼，原來剛才那一摔，居然將王玄策的頭給磕破了。

「尊貴的大唐使者，您受傷了，還請跟我入內，讓奴家為您治療傷勢……」

王玄策正愁沒有機會接近佳人，聞言暗喜，屁顛顛就跟了過去，到了一座小院之後，金刀衛士都退了下去，娜羅邇婆娑親自將王玄策引入了房中，王玄策只掃了一眼，鼻血都要噴出來了，因為這房間的壁畫，與後殿的風格一般無二，都是一些男女交合的刺激畫面。

其時天竺社會等級極為森嚴，玄奘法師曾將之稱為族姓制度，即是將國民分為四等，一等為婆羅門，乃僧侶貴族；二等稱為刹帝利，即是帝王將相和官員；而三等曰吠舍，亦稱之為自由民，四等為賤民。

按說娜羅邇娑婆乃寺中神女，該是高高在上的存在才對，然而神女的作用是協助祭司接受神啟，而最好的方式，莫過於跟祭司交合，如此一來，神女也就變成了祭司們的禁臠。

這間內室正是娜羅邇娑婆平素服侍祭司之地，那祭司已經被阿祖那帶走，並死於戰亂之中，娜羅邇娑婆也就清靜了下來。

似乎察覺到王玄策的驚訝，娜羅邇娑婆一邊給王玄策處理傷勢，一邊將其中原委說清道明，她並未刻意隱晦，似乎對於她而言，能夠服侍祭司是莫大的榮耀一般，不過王玄策能夠看得出來，她提到祭司之時，眼中偶爾會劃過難以察覺的不屑和鄙夷。

她從一個陶瓶中刮出如羊脂一般的油膏，塗抹在了王玄策的傷口之上，一陣冰涼之意頓時傾瀉下來，王玄策甚至能夠感受到自己的傷口正在麻麻的癒合著。

「居然有這等聖藥！或許……」王玄策心頭頓時湧起一個連他自己都不敢想像的念頭來。

「尊敬的神女，妳如何懂得唐語？」穩了穩心神，王玄策不由發問，娜羅邇娑婆也不回避他的目光，居然在他的面前盤坐了下來，二人不過半尺距離，可謂旖旎到了極點。

「在我十一歲那年，大唐的玄奘法師來到我天竺，更將大唐的風物人情都帶了過來，對於幼時的我而言，大唐是充滿了神奇的國度，於是我就開始研習大唐的文化，希望有生之年，能夠到那方神奇的土地上遊歷見識一番……」

娜羅邇娑婆說到這裡，有意無意與王玄策目光相觸，眸若桃花，秋波暗送，眼角帶媚，真真讓王玄策渾身發熱。

王玄策適才聽了娜羅邇娑婆的解釋，已經知曉她的日常工作就是服侍祭司，這密室又是她工作的地方，說不得自己屁股下這塊方毯，就是娜羅邇娑婆曾經香汗淋漓躺滾過的地方。

心頭邪念頓生，王玄策大膽地抓住了娜羅邇娑婆的手，毫不掩飾自己眼中的渴望，直勾勾地盯著娜羅邇娑婆，呼吸急促地說道：「某乃大唐使者，可以帶神女訪問大唐，以神女的醫藥之術，定然能夠在大唐擁有一席之地！」

娜羅邇娑婆嘴角浮笑，似乎早已料到這種結局，也不用言語來回應，順勢倒入了王玄策的懷中，如濕潤小蛇一般的舌頭靈巧之極，從王玄策的耳根，慢慢往下滑落……

王玄策帶著娜羅邇娑婆回來之時，徐真已經開始向阿迦濕麗道別。

這位天竺公主難以理解，她極力想要徐真留下來，他可以當國主，而她則當個王后，可徐真卻執意要回歸大唐。

她見過凱薩和張素靈，凱薩的姿色猶勝於她，張素靈又帶著唐國娘子特有的氣度，徐真不會因為她的美色而留下來，她完全可以理解，可徐真放棄一國之主的王位，而回歸大唐當個什麼將軍，她就有些不明白了。

徐真又何嘗不想留下來當個國王？只是他很清楚，中天竺被滅之後，天竺的小國之間很快就會爆發新一輪的戰爭，等待他的不是一個坐享其成的國主王位，而是內憂外患的爛攤子。

再者，他下意識地撫摸著手上的鐵扳指，又摸了摸臨行之前，李世民賜予他的血玉扳指，想起李世民的密詔，他不得不加緊了回國的時間。

阿迦濕麗知道自己留不住徐真，故而將徐真留在自己的房中一夜，金風玉露之後，還是將徐真送了出去。

天竺國人聽說幫助他們復國的徐真要返回大唐，一時間萬人空巷，各種天竺物產都堆滿了皇宮門口，有人獻上大象，將這些物資都放到了大象的背上，以供徐真帶回大唐。

徐真乘騎著金甲白象，緩緩而行，接受著夾道歡送的民眾的朝拜，他用古波斯語頌唱著祆教的聖經，為這些民眾祈福，萬民落淚，送了徐真出城。

阿祖那作為戰俘被押著隨行，凱薩等人各自乘騎戰象，身後則是滿負財寶和物資的象隊，泥婆羅的騎兵早已滿心歡喜地回了國，而吐蕃的一千二百人則護送徐真的隊伍返唐。

若是以往，王玄策必定會萬分嫉恨徐真，覺得徐真將所有風頭都搶光了，可如今，他卻只是淡然一笑，他的戰象背上，娜羅邇娑婆正微閉雙目，盤坐於竹籃之中，她的身邊放著一個木箱，那是她擔任神女以來所有的收穫。那是祭司被阿祖那帶走，倉惶之際而遺落下來的濕婆教聖藥。

第一百九十五章

抵達吐蕃再遇舊人

時隔一年多，諸人是歸心似箭，一路上順風順水，很快就進入到了吐蕃境內，吐蕃贊普器宗弄贊親自迎接了從天竺歸來的大唐使者團。

王玄策因為在天竺被俘，弄丟了聖上要交給文成公主的信件，心頭難免忐忑，而事實上，文成公主並不在意什麼信件，因為她見到了徐真！

三年多了，她終於再次見到了徐真，她是李道宗的女兒，聖上的信不過是嘉勉之類的話，而見到徐真，卻著實解了她的思鄉之情。

當年那個潑辣刁蠻的郡主，此時已經變成了端莊典雅，母儀萬方的王后，舉手投足只見充滿了成熟穩重，來到吐蕃三年，她獲得了吐蕃人們的認可，從最初的好奇，到如今的萬民敬仰，連她自己都難以置信。

唯一的不足就是，整整三年了，她還未能擁有自己的子嗣，或許這也是她唯一覺得遺憾的地方。

她仍舊會常常想起大唐，想起父母，也想起徐真……

只是當徐真來到吐蕃之後，她只能保持著應有的距離，陪同在器宗弄贊的身邊，接見了大唐使節團。

當器宗弄贊從吐蕃將軍口中得知徐真那驚世駭俗的戰績之後，眼中盡是不可思議，他心頭不禁後怕，好在當初沒有聽信慕容寒竹這個奸佞的讒言，早早從松州之戰抽身出來，否則後果真是不堪設想。

想當初吐谷渾之戰的尾聲，他親自率軍去接應慕容寒竹和前隋的光化天后，那時候與徐真第一次相遇，徐真還只是一個小校。

而如今，徐真已經是大唐王朝的柱國，是一人戰一國的絕世上將，蓄了長鬚的徐真，完全沒有了當初的青澀和輕狂，取而代之的是一種洞若觀火的睿智和深不見底的城府。

文成詢問大唐的情況，又問候聖上的身體狀況，舉止言談優雅有度，大部分時間都在與王玄策交談，與徐真的談話也儘量表現得自然得體。

王玄策感覺自己受到了應有的重視，洋洋得意，又拿出了大使該有的氣度來，侃侃而談，盡顯大國使節的風範，宴會在極其友好和融洽的氣氛中結束。

徐真等人入住國賓府，稍作休整之後再上路，返回大唐。

文成回到寢宮，讓宮女都退下，自己孤坐深宮，心頭卻掙扎萬分。

器宗弄贊雖然對她相敬如賓，然而因為文成沒有子嗣，器宗弄贊也越發冷落文成，在人前恩愛和諧，而入夜之後，器宗弄贊卻很少再來文成的寢宮。

他在未娶文成之前，就已經有四個妻子，其中最受寵者當屬泥婆羅的尺尊公主，文成主持建造了小昭寺，而尺尊公主卻建造了大昭寺，其中意味，不足為外人道也。

除了尺尊公主，器宗弄贊不是去香雄妃的寢宮，就是臨幸木雅茹央妃，最近時常往芒薩赤增妃的寢宮跑，聽說芒薩赤增妃已經懷有身孕，這也是器宗弄贊這麼多個夜晚辛勤耕耘，唯一結下的果實。

如此一來，文成就越發受到冷落，若非她是大唐公主，又為吐蕃帶來了先進的百藝，這樁政治聯姻有多清苦也就可想而知了。

從她見到徐真的第一眼開始，她就想撲入徐真的懷中，好好傾訴這些年內心的苦楚，可有礙於身份，她卻不能這樣做。

夜色越發的深沉，文成的燈火已經熄滅，她一個人靜坐於黑暗之中，終於抹乾了眼淚，換上黑色夜行服，潛行出了寢宮。

自從來到吐蕃之後，她的身手就再也沒有用武之地，沒想到在吐蕃的第一次動用功夫，卻是為了偷偷去見一個有著舊情的男人。

這讓她感到羞臊和興奮，她穿梭於重重宮殿之中，夜風拂面，彷彿又回到了三年前，她還未嫁，還是那個快意恩仇的刁蠻李無雙。

她對這座宮殿太過熟悉，以致於輕易就擺脫了宮禁，潛入到了國賓府，她四處搜索著客房，終於在一座小院的房間窗戶上，看到了徐真夜讀的剪影。

到了這裡，她反而遲疑猶豫起來，好幾次都想要原路返回，就像第一次伸手偷盜的蟊賊一般，心裡充滿了掙扎和興奮，這是一種讓人難以抗拒的誘惑。

她想要離開，可她又想看看徐真，哪怕只有一面。

正當她鼓起勇氣，準備進去見徐真之時，徐真卻起身，吹滅了燭火。

當徐真的剪影從窗戶上消失之時，她的心頭慌亂起來，若此時入房，會發生一些什麼，她已經不敢去想像，可她又不願見不到徐真一面就離開。

遲疑之際，房門卻無聲地打開，徐真一身黑衣，四處張望掃視，如警覺的夜貓，辨認了一下方向之後，徐真開始往西南面潛行，身手仍舊那麼的矯健，那裡，是後宮的方向！

李無雙的眼淚頓時湧了出來，她本以為徐真不會再記掛著她，可現在，徐真卻跟她一樣，穿起了夜行衣。

她想開口呼喚徐真，卻又擔心被別人聽到，情急之下，她撲向了徐真，徐真警覺地回頭，二人呼呼交手，雖然天色黑暗，但他們都從拳腳招式之中，辨認出了對方的身份。

他們沒有停手，似乎沉浸在了這種身體碰觸之中，這樣的比鬥似乎將他們拉回到了三年前那個時刻。

正癡迷著，院落另一頭的房間卻亮起了燈火，徐真和李無雙幾乎不約而同的收住拳腳，無聲無息的鑽進了徐真的房間。

凱薩輕輕推開門，隔著院子看了看徐真的房間，她的嘴角浮現一絲難明的笑容，而後轉身關了門。

張素靈有些不解地問道：「凱薩姐姐，今夜為何不讓我去侍候郎君？」

凱薩刮了刮張素靈尖翹的鼻子，卻沒有回答張素靈，而是伸手撓著張素靈的腰肢，玩笑著將她推到床上，嬉鬧著道：「小狐媚子，一晚上不見郎君就如此耐不住了？讓姐姐陪妳睡好了。」

張素靈羞臊難當，二人打鬧了一陣，終於相擁而眠。

接下來的三個晚上，凱薩和張素靈都沒有去打擾徐真，直到第四日，他們終於啟程，離開吐蕃。李無雙仍舊端莊恬靜地陪伴在器宗弄贊的身邊，看著徐真的象隊慢慢走遠，當徐真的背影消失在路的盡頭，她下意識摸了摸自己的小腹，冬日早晨的陽光，照在她的身上，暖洋洋的，路邊泥土裡的草種，彷彿在無聲的孕育著，等待春來好發芽。

貞觀二十二年五月，大唐王朝一如彼時的天氣，火熱卻又有些沉悶，在徐真離開的這段時間裡，大唐仍舊在進行著如同傳奇一般的故事。

早在二十一年之時，聖上就敕令宋州刺史王波利等人徵發江南十二州的工匠，修造大船幾百艘，想要用這些船第三度征伐高麗，然而到了年底，高句麗的寶藏王派遣其子，莫離支高荏武來大唐謝罪，聖上審視國情，最終還是接受了，將征伐高句麗的事情延後再議。

而過了年之後，聖上的身體日漸不濟，正月裡，聖上親自撰成《帝範》十二篇，以賜太子。

這《帝範》囊括了《君體》、《建親》、《求賢》、《審官》、《納諫》、《去讒》、《戒盈》、《崇儉》、《賞罰》、《務農》、《閱武》、《崇文》等篇，告誡太子應求古之哲王以為師，戒奢去驕。

雖然不願意去承認，但李明達心裡很清楚，父親已經開始著手為李治鋪路了，這讓她很難受，是故除了每日早晚的請安之外，只要一有機會，她就陪著李世民。

到了二月份，聖上詔令右武衛大將軍薛萬徹為青丘道行軍大總管，右衛將軍裴行方為副大總管，帶領三萬餘人和數百樓船戰艦，自萊州出海，三度征討高句麗。

薛萬徹用奇兵拿下了大行城，一番大戰之後，斬了敵將所夫孫，乘勝圍住泊汋城，高句麗發動三萬餘人來支援，又被薛萬徹擊退，攻下了泊汋城。

可惜的是薛萬徹為人倨傲無物，脾氣暴躁又不能容人，軍中將校上書天聽，狀告於聖上這處來，班師回京之後，聖上謂其曰：「上書者論卿與諸將不協，朕錄功棄過，就不責罰於你了。」

於是聖上大度地將狀告信當著薛萬徹的面給燒掉了。

相較於薛萬徹，聖上更加倚重薛萬均，可惜薛萬均已經去世，聖上也只能盡力安撫薛萬徹，施恩與之，希望他能夠為李治穩固軍中的力量。

可這薛萬徹見聖上不予責罰，越發放肆，盛氣凌人，副大總管、右衛將軍裴行方暗中告薛萬徹在高句麗征戰之時，時常對朝堂有怨言，英國公李勣覺得薛萬徹不堪大用，遂向聖上進言，聖上終於狠下心來，免了薛萬徹，流放到象州去了。

二月末，有結骨酋長前來大唐朝拜，結骨國人身軀高大，紅髮碧眼，先前並未有過外交，朝廷遂以結骨之地為堅昆都督府，隸屬於燕然都護府，周邊異族部落爭相遣使來唐納貢，常多達數百上千人。

到了四月，聖上派遣梁建方統帥巴蜀十三州的軍馬，擊敗了松外諸多異族部落，俘殺千餘人之眾，七十餘部落，近二十萬人口歸附了唐朝，又招撫了西洱河的首領楊盛。

同月，契丹一個部落的首領曲據又率領部眾歸屬了大唐皇朝，朝廷在其地設置玄州，隸屬於營州都督府。

到了月末，連西突厥殘部的阿史那賀魯都率領數千帳的人馬，歸附了大唐，聖上將這些人安置於庭州莫賀城，封阿史那賀魯為左驍衛將軍。

所有的一切似乎都步入了正軌，大唐仍舊是那個強盛到了極致，四處征伐，開疆拓土的無上大國，像徐真這樣的人，多他一個不多，少他一個也不少。

然而對於李世民來說，他卻沒有任何的喜悅，因為他很清楚自己的身體狀況，所以他每日都會詢問左右，可有徐真的消息。

到了五月，徐真終於回來了！而且還為李世民，為整個大唐皇朝，帶來了一個極為意外的驚喜！

第一百九十六章 徐大將軍凱旋而歸

貞觀二十二年五月，悶熱的天氣讓整座長安都顯得有些鬱鬱，街上的人們也都懶懶散散，然而這種沉悶很快就被打破。

因為消失在公眾耳目之中的大唐新貴、平民英雄、當朝柱國徐真將軍又回來了！

而且這一次，徐真將軍帶回來的捷報，實在令人太過難以置信，這則捷報如同丟入滾油鍋的火把，將鬱鬱沉沉的長安城瞬間點爆。

「都聽說了麼？徐真將軍凱旋歸來了！」

「聽說受到排擠，這兩年出使天竺了，那地方千萬里般遙遠，也不知吃了多少苦頭咧。」

「可不是，玄奘法師都花了十八年才來回了一趟……」

「玄奘法師又豈能跟徐真將軍相比，人家那是帶著使節團去的，日行百里，聽說還滅了天竺國咧！」

「不能吧？那使節團再大也不過百來號人馬，怎地就能滅了天竺這等佛宗大國？」

「據說是天竺國生了權變，那篡位的暴君有眼無珠，將我天國使節團都扣了下來……」

「這些天竺人不同教化，使節團又怎能回來？」

「這不是還有徐真大將軍麼！我有個遠房侄兒在軍中任職，回來這麼一說，真真是驚動天地的大勝仗！」

「怎麼說！怎麼說？」

「你快說啊！這都急死人了！」

「莫急莫急，待我喝口水……咕嚕……說是徐真將軍孤身逃了出來，單騎跑到了泥婆羅，借得七千騎兵，吐蕃那邊又調了一千多人手，由大將軍統領著，殺到天竺，那天竺王動用了七萬的象騎兵，居然被大將軍殺了個片甲不留！」

「我怎麼聽說是十萬象騎兵，你們曾見過巨象吧？十萬象兵，那可就是山崩地裂一般的威風了，居然被大將軍召引了天雷地火，燒得那是灰飛煙滅啊！」

「我的老天，那些個被燒熟的大巨象，估摸著三天三夜都吃不完吧？」

「沒眼力的野老！那天竺皇宮都是用金磚建成了的，連國主都讓咱大將軍給抓了回來，誰還去看那些燒熟的巨象？」

「你們可知大將軍何時入城？」

「聽說就在明日了！到時候咱們一定要去看看，這一人滅一國，可是天大的功勳了！」

「對對對！一定要瞻仰一番大將軍的威風！」

「其實我還想問問……那些燒熟的巨象，最後都丟哪兒了……多可惜啊……」

「……」

翌日，皇太子李治率領文武百官出城迎接凱旋而歸的使節團，長安城人山人海，鑼鼓喧天，朱雀大街兩側人滿為患，摩肩擦踵，只用萬人空巷根本不足以形容彼時之盛況。

李治心中固然不舒坦，然而如今他逐漸接手諸多政務，儼然有了一番皇者的沉穩和氣度，等了一刻鐘之後，人海潮頭突然爆發出一聲驚訝，而後如同點燃了火藥的引信一般，從城外一路傳到城中，人浪一波又一波，民眾紛紛攀上榆槐和牆頭，尋找高處來仰望。

徐真仍舊是一身標誌鮮明的紅甲，一柄極為清爽的長刀，然而入了城門之後，那些攀上高處的人才發現自己是多此一舉了。

因為徐真大將軍乘騎著一頭巨大的金甲白象，身後是被關押在象背囚車之中的天竺王阿祖那，使節團人人乘騎巨大的戰象，隊伍尾巴還有數十頭無人乘騎的大象，背上馱著各種輜重和戰利品，連遙遙相待的李治和文武百官都能穿透密密麻麻湧動著的人頭，看到高高騎在象背上的徐真。

「轟！」

人群的氣氛頓時沸騰起來，人們歡呼吶喊，將早已準備好的花瓣兒潑灑出去，有人帶頭歌唱和舞蹈，用唐人特有的方式來迎接這位帝國的大英雄。

徐真被這一幕深深的溫暖了心頭，他本以為自己的名字早已被遺忘，然而長安城的人們還在高聲呼喊著他的名字，四處頌揚著他的故事！

王玄策和蔣師仁雖然伴隨徐真左右，然而此時卻連襯托之綠葉也沒當上，完全被百萬民眾徹底忽略，無論他們的心計城府有多麼的深沉，估計此時都要恨透了徐真。

然而張久年和周滄等人卻衷心為徐真感到高興，一個個與有榮焉，他們是徐真的嫡系人馬，同樣受到了民眾的夾道歡迎。

今天的焦點只有一個，那就是徐真！

李治逐漸接手了朝政，每日又必須到聖上的寢宮去問安，還親自服侍聖上日常醫藥，幾乎都未曾出過宮殿。

若是平時，長安的人們得見李治一面，估摸著能吹噓十天半個月，可如今，當今皇太子就在人流的盡頭，卻沒有人想過要去關注一下這位未來的皇帝。

李治漸漸皺起了眉頭，暗自攥緊了拳頭，微眯著雙眸，盯著越來越近的象隊。

到了宮門，徐真也不敢再托大，距離李治的迎接隊伍還有十丈之遠，就摸了摸白象的腦袋，那白象如通靈性一般，緩緩跪伏在地，徐真瀟灑落地，帶領使節團快步上前，給李治行禮。

兩年不見，徐真留了鬍子，經歷了掃蕩天竺的戰役之後，他的氣質越發接近當年的李靖，如同一把藏鞘的寶刀，內斂著一股極為鋒銳的氣度。

雖然極度不願意承認，但李治還是不得不承認，如今的徐真，如同脫胎換骨了一般，確實比他要強悍太多太多。

徐真並未居功自傲，仍舊謙遜地與眾多官員致意，就好像這些文官從未一同排擠徐真，將徐真趕到天竺為使一般。

而讓徐真感到奇怪的是，此時陪伴在李治身邊的，並非長孫無忌，而是慕容寒竹。

這也說明了一個問題，在自己離開的這兩年時間裡，慕容寒竹這位毒士，已經攀爬到了一個讓人難以想像的高位，真正成為了李治的左膀右臂。

徐真又下意識摸了摸手指上那枚血玉扳指，適才的欣喜頓時蕩然無存。

李治並未察覺到徐真的神色異常，然而慕容寒竹卻有意無意與徐真對視了一眼，雖然面帶微笑，但徐真能夠看得出他眼中的意味。

宮門前早已備好了巨大的高臺，李治坦然登臺，宣讀聖上的嘉獎諭令，千萬民眾山呼海嘯。

李治可不能眼睜睜讓徐真獨自一人接受這份榮耀，他即興宣講，慷慨激昂，很快就調動起民眾的愛國之心，將徐真的個人功勳，轉移到了大唐皇朝的巨大影響力之上。

這也是慕容寒竹私底下獻與李治的說辭，聲稱徐真能借來吐蕃和泥婆羅的援兵，皆賴於大唐皇朝的無上聲威，又云天竺區區彈丸之國，如何能擋大唐臣服四海之野望種種，果真淡化了徐真的個人英勇。

李治一番演說，將民眾的尊崇敬仰全數拉了回來，此時他微微張開雙臂，接受著成千上萬民眾的歡呼喝彩，彷彿掃蕩天竺凱旋而歸的不是徐真，而是他李治一般。

眼見如此，李治偷偷與慕容寒竹相視一笑，內心卻是極度鄙夷的想著，這些民眾就似風中的弱草，終究只能任由朝廷和皇族擺弄罷了，這讓向來怯懦的他，生出了前所未有的自信來，就好像他已經繼位為皇，一手就能夠掌控天下臣民一般。

徐真又如何不知李治之意圖？只是他早已看淡，反倒是手底下的弟兄們不服氣，待李治高昂著頭顱從徐真身邊走過之時，弟兄們更是內心抱怨不已。

周滄和諸多弟兄登臺，想要將戰象取回來，然而太子衛率府的親兵卻將他們都攔了下來，說這是戰利品，將呈獻給皇帝陛下，暫時由衛率府的人掌管。

當著民眾的面，周滄等人再氣憤也不能引起爭執，張素靈卻是靈機一動，狡黠一笑，朝那位旅帥說道：「我等的行囊皆在象背之上，可否讓我等先行取回？」

那旅帥自是應允，張素靈竊竊朝周滄等人丟了個眼神，取行囊之時卻是將象背綁縛戰利品的繩索都給鬆了開來，一時間叮叮鈴鈴之聲不絕於耳！

烈日照耀之下，象背的戰利品包囊紛紛落地，那些金銀珠寶和鎧甲刀兵四處濺射，堆滿了高臺。金銀之光將宮門附近的上萬民眾照耀得雙目流淚，這些平民活了這麼多年，何嘗見識過此等場面。

「大將軍威武！」

「大將軍萬勝！」

所有人的焦點又重新拉回到了徐真的身上，然而徐真卻是苦澀一笑，張素靈固然是為了自己著想，然而她卻不知，當今聖上已經沒剩下多少時日，現在的皇太子，最多過得一年半載，就會成為新皇。

現在與李治較勁，完全就是自討苦吃。

只是徐真心裡有著自己的想法，他不禁想起了臨行前聖上交托與他的密信，想要達成目標，確實需要好大的一份功勞，張素靈此舉雖然歪打正著，卻未嘗不是造勢的好手段。

李治等人臉色頓時鐵青，但終究還是沒有爆發出來，順勢與民眾一道歡呼，展現出了他極為大度的一面。

高臺上的金山銀山自有衛率府的人收拾，徐真和諸多弟兄被引領著去歇息，待得下午再入宮去覲見皇帝，接受皇帝的嘉獎。

一直如同透明人一般的王玄策冷笑一聲，帶著娜羅邇娑婆，不聲不響就跟上了慕容寒竹，隨同太子的衛隊，進入了東宮之中。

徐真見不到李明達，心裡不免失望，然而進入了宮門，這才稍稍抬頭，就看到太極殿左側的一座鳳閣之上，李明達攙扶著一人，遙遙凝望著宮門這邊方向。

徐真笑了笑，見無人注意，朝鳳閣的方向舉手示意，血玉扳指折射出惹眼的光芒，閣樓上被愛女李明達攙扶著的李世民，呵呵笑了兩聲。

這是他三個月以來，第一次走出寢宮，也是第一次對除了李明達之外的第二人露出笑容。

第一百九十七章

受命於皇位極人臣

所謂富貴有命生死在天，人生在世能幾時，無論是帝王將相亦或是販夫走卒，都逃不脫死亡的枷鎖。

然身為一國之主，偌大江山，千萬子民，又如何能夠割捨？

於是史上諸多帝皇，無不追求永生之道，哪怕李世民這等千古一帝，也免不了這等荒誕不羈之事。

唐人多有迷信，諸如張亮、尉遲敬德等開國名臣，都擅信方術之士，煉石服散，企圖延年益壽。

李世民心知自己身子逐漸衰弱，當初四處征伐落下的傷病根子，也一併爆發開來，若無醫藥掌控，早已不堪其苦。

李治以仁孝而聞達，自從聖上御駕親征高句麗歸來之後，就時常伴隨聖駕，恨不得割髀以治其父之病，無論是真是假，這份孝心也已經深入李世民之心。

是故當王玄策將天竺濕婆神女娜羅邇娑婆引薦給他之時，李治頓時狂喜，這娜羅邇娑婆國色天香也就罷了，偏偏彌散著神聖而不可侵犯的聖潔氣質，眉心處那道如開天眼的肉縫更是讓人嘆而驚奇，李治當下就奉為上賓，好生供養。

王玄策見李治如此優待娜羅邇娑婆，心知自己今次摸對了門路，喜滋滋就回去歇息了。

徐真安頓下來之後，李明達第一時間尋了上來，看到李明達的第一眼，徐真不由嚇了一跳。兩年不見，這小丫頭出落得亭亭玉立，不說傾國傾城閉月羞花，起碼也是十足的美豔動人，且每日陪伴大唐皇帝李世民，沾染了一身的皇貴之氣，典雅大方，身材更是高挑完美，驚豔十足！

「徐家哥哥！」

李明達現出小丫頭般的可愛姿態，似乎她在徐真面前永遠長不大一般，快步走了過來，徐真下意識想要摸摸她的頭，手卻停在了半空，而後訕訕地收回手來，嚴肅地朝李明達行了一禮：「徐真見過貴主⋯⋯」

雖然徐真留了一部鬍子，人也成熟了很多，第一眼看著確實有些陌生，但李明達也沒想到徐真居然會跟她陌生到如此鄭重行禮的地步，一顆心頓時糾結難受得要死。

這兩年來她除了陪伴李世民，剩下的時間全部用來思念眼前之人，當初一起歷險之時，徐真送給她的小石頭，都已經被她摩挲得溫潤無比，結果好不容易將人兒給等了回來，卻似隔了一片海一般，又怎能讓人不難受！

她泫然欲泣，微微抬起頭來，心裡正惱怒，卻看到徐真嘴角抽搐，竟是在強忍著笑意。

「好你個徐真哥哥！一回來就知道欺負奴家！」

李明達破涕為笑，作勢要打，徐真卻一把握住她的柔荑，順勢將他拉入了懷中。

徐真的胸膛很寬厚，帶著男兒漢的英武氣息，李明達將耳朵貼在徐真的胸膛上，聽到心臟強有力的搏動，她的小心肝兒也不停的加速，臉頰卻紅潤了起來。

這是第一次，她被徐真抱著，產生了男女之間那種羞臊的念頭，她和徐真都知曉，她已經不再是那個小姑娘了。

這裡畢竟是皇宮大內，徐真也不敢太過造次，短暫而纏綿的擁抱之後，他就跟李明達分開來，二人落座，由李明達給徐真煮茶，徐真則將兩年間發生的事情都傾訴了出來。

李明達也將朝廷之中的要緊事情都說清楚，也算是對徐真的一種提醒。

徐真問起關於慕容寒竹的情況，李明達卻是皺起了眉頭。

由於徐真離開了中原，征遼之事則由李勣孤力主持支撐，諸多大將雖然仍舊擁有統領大軍作戰的能力，但重新組建的神火營卻無法熟練掌控真武大將軍，雖然戰爭取得了勝利，然過程卻是艱難得很。

契苾何力和阿史那社爾等異族將領遠征內陸西方和北方，數百個部落無不臣服，反倒占盡了風頭，但也遭遇到了文官們的彈劾，說他們溝通外敵，所謀甚大云云。

單單貞觀二十一年間，震懾征伐小部落的戰役就不下百場，而慕容寒竹則通過皇太子李治，親自組建和調教訓練新的神火營，果真讓他成功了！

本以為他會在軍營裡發展下去，沒想到卻因功而得除中書舍人之職。

到了三月庚子，蕭皇后薨，聖上詔令復其皇后之稱號，謚號為湣，使三品以上治喪護葬，為其配備鹵簿儀衛，送至江都，與隋煬帝合葬於一處。

群臣頌揚聖上恩澤與寬容，聖上也是了卻一樁心事，身體狀況得以好轉些許，這慕容寒竹卻趁機進諫，懇請聖上將前隋光化公主迎回大唐。

一時間朝堂議論紛紛，多有反對著，然而慕容寒竹卻仍舊堅持，皇太子李治為其說情，又道若連前朝公主都能容納，又何愁四面八方的蠻夷不臣服？

聖上終於被說動，慕容寒竹親自前往吐谷渾，將光化公主給迎回了大唐，聖上破例親封其為韓國夫人，贈送豪宅以供其頤養。

此舉果然感化了諸多蠻夷，一時間邊疆部族紛紛來投，每日來長安朝貢者絡繹不絕，鴻臚寺人手都忙不過來！

聖上由是將慕容寒竹提為中書侍郎，此乃正四品上的官兒，可謂借此踏上了青雲路，真正成為了大唐朝廷的一方人物，甚至一時成為了文官之中的新貴。

眾人皆以為聖上是因為容納光化之事，才提拔慕容寒竹，然而李明達卻告訴徐真，其實聖上私下裡曾經跟李明達解釋過。

這慕容寒竹的背後乃是崔氏大族，聖上希望能夠通過慕容寒竹來安撫諸多豪門望族，也是在為皇太子李治順利過渡而搭橋鋪路。

說到這裡，李明達雙眸之中隱有淚光，時常陪伴父親的她，又豈會不清楚父親的身體狀況？徐真也是一聲輕嘆，想起李世民對他的暗中囑託，心裡兀自擔憂，到了這個時候，他不能也不願再躲避，哪怕朝堂爭鬥如吃人猛獸，他也要為了這份恩情，去闖上一闖！

李明達就一直待在徐真的住處，中途凱薩和張素靈也過來，三個女人竊竊私語，歡笑不斷，顯然是張素靈在賣弄一路上的趣聞。

到了下午，則由李明達帶著，進入甘露殿，參加李世民的請宴，文武百官齊聚，皇帝陛下難得容光煥發，席間還給群臣敬了一杯酒，感謝諸多臣子這段時間的辛勞，雖然整場宴會都未提及徐真和天竺之戰，然而眼睛沒瞎的人都知道，徐真這次要封頂了！

因為皇太子李治和李明達相伴左右，長孫無忌和李勣這樣的老人次之，李勣的下首，就是徐真。

宴會的座次已經足夠說明一切！

果不其然，翌日的早朝之上，鮮有上朝的皇帝陛下親自升座，封徐真為左屯衛大將軍，統領北屯營，兼督「百騎」，封爵也從食邑一千五百戶的柳城縣公，升為食邑兩千戶的齊郡開國公。

出奇的是，這一次，無論文武官員，居然沒有一人提出異議！

只要稍微有點眼色的人，都能夠看得出來，聖上此舉乃有托孤之意，諸多老臣之中，堪用又信任的其實不少，然而像李靖和房玄齡這樣的，半截身子都入了土，能輔佐李治的，也就只剩下長孫無忌和李勣，一文一武，一內一外。

可聖上又擔心李治過於懦弱，被這兩個老傢伙把持玩弄，於是將年僅二十九歲的徐真提拔上來，也算是一手後招了。

百騎乃是高祖時期的元從禁軍之中精挑細選出來的精銳，除了當今聖上，無人能夠調動，鎮守玄武門的北屯營雖然名義上隸屬於左右屯衛，然而沒有聖上的旨意詔令，也同樣沒人敢動用這支軍馬。

如今聖上將手頭上的兵馬都交給了徐真，這就足以說明了。

徐真在短短幾年間從一介低賤武侯，做到二品的位極人臣，若是皇親國戚或是王侯將相之後裔，那還說得過去，可他出身卑微低賤，甚至連寒門士族都算不上，只是一個無父無母的孤兒，這就不得不讓人匪夷所思了。

而且徐真在朝堂上不斷被排擠傾軋，連皇太子李治都給他有過節，長孫無忌更是欲置之於死地而後快，這樣的人，聖上居然還敢提拔上來，這無異於三歲孩童提了柄吹毛斷髮的寶刀，無異於手指粗卻高達百丈的樹，隨時有傾塌的可能啊！

諸人都不明白聖上為何如此鋌而走險，雖說李治懦弱，但也不至於被人把持，再者，長孫無忌雖然有些專權獨斷，然畢竟是國舅爺，難不成聖上真的如此不放心長孫無忌？還是不放心李勣？

亦或者說，除了這兩人之外，還有別人會威脅到李治的統治地位？

諸人還未想透徹之時，聖上又頒佈詔令，徐真麾下的弟兄們全部下放為軍官，雖然官階不高，但幾乎遍佈了十六府衛，牢牢掌控了基層軍士的脈動。

如此看來，聖上是下定了決心，要將這份天大的信任，交給徐真了！

都說人之將死其言也善，然而誰都不敢拍胸脯保證李世民在駕崩之前，不會大殺特殺，將他自以為會對李治產生威脅的人，全部剷除。

所以徐真這次受封，比之前任何一次都離譜，比之前任何一次的跨越都要高，然而文武百官卻噤若寒蟬，沒有任何一人敢出來阻攔和抗議。

有了徐真和胤宗等一幫兄弟們的封賞在前，王玄策由衛率府長史被封為朝散大夫，就顯得極為寒磣了。

不過他也沒有任何的怨言，畢竟在天竺之時，他和蔣師仁卻是沒有半寸功勞，若非徐真將他二人解救出來，他還回不來這長安城。

況且，他想要做的事情，看來已經達成了目的。

因為娜羅邇娑婆在與他共度雲雨之後，已經向他透露，過兩天，皇太子李治就要帶她入宮，替大唐皇帝陛下診治。

第一百九十八章

濕婆神女後宮用藥

劉神威從含風殿出來之後，由小宦官領著出宮，默默回到了太醫院，吩咐婢子燃了一段寧神香，閉目打坐。

然而他的心緒卻如何都安穩不下來，他還記得師父曾經教導過他：「凡大醫治病，必當安神定志，無欲無求，先發大慈惻隱之心，誓願普救含靈之苦，若有疾厄來求救者，不得問其貴賤貧富，長幼妍媸，怨親善友，華夷愚智，普同一等，皆如至親之想。」

「亦不得瞻前顧後，自慮吉凶，護惜身命，見彼苦惱，若己有之，深心悽愴，切勿避險巇，晝夜寒暑，饑渴疲勞，一心赴救，無作工夫形跡之心，如此可為蒼生大醫，反此則是含靈巨賊。」

可現在，哪怕借助了寧神香，他都無法平息心緒。

聖上染痾之後，曾第一時間派人來太醫院，除了召喚御醫之外，更多的是向劉神威詢問其師孫思邈的下落。

百代宗師孫思邈曾上峨眉山、終南山隱修，行走天下，訪問仙山福地，尋找靈丹妙藥，而後又下了江州，最近聽說又在太白山隱居，總而言之是行蹤不定，無人知曉其確切的去向。

劉神威也沒辦法找到自己的師父，無奈之下，只能由他聯絡諸多御醫，共同為聖上診療。

其實聖上的病症很明顯，第一次東征歸途之中，聖上就長了癰瘡，戰馬都無法乘騎，太子李治親自用嘴將毒瘡吸乾淨，這才好轉一些。

而這癰瘡非身體原發，乃因聖上服用長生不死的丹藥，毒發於外所致，也就是說，聖上的身體，都讓所謂的仙丹給耽誤了。

劉神威身為孫思邈的弟子，深知丹鼎之道，孫思邈自己也修習內功，服用外散丹藥，可一切丹藥都有其原理，若不明所以，強行服用，又無契合的內功心法來引導疏通，必使毒素積攢於體內，久而久之，就會毒害身體本源。

劉神威曾多次冒死進諫，讓聖上停止服用長生丹，然而聖上已經養成了依賴，根本就停不下來。

劉神威研究師父留下來的解毒藥方，打算進獻聖上，用來緩解丹毒，可今日進入含風殿，卻見到聖上在服用胡僧藥。

這些五顏六色的藥丸子雖然能夠使聖上暫時恢復雄風，然卻是竭澤而漁之物，用多就會榨幹聖上剩餘的生命力，實乃有百害而無一益之物。

他嚴肅地告誡李世民，若繼續服用這些所謂的仙丹妙藥，身體只能越來越糟糕，然而素來好脾氣的李世民，這一次卻將劉神威趕出了含風殿。

劉神威一走，聖上轉入內宮，龍榻上玉體橫陳，赫然是那開天眼的娜羅邇娑婆！

聖上素來潔身自好，並不沉迷於女色，然而聖文德皇后故去之後，聖上越發寂寞難以派遣，這才開始寵幸武才人等一眾年輕貌美的後宮佳麗。

到了後來，身體發生了變故，他也是有心無力，可李治獻上來的這位天竺神女卻與眾不同，她進獻的天竺靈丹可謂立竿見影。

非但如此，她還將天竺密教的男女雙修之法獻了上來，以自己那青春豐腴的肉身充當藥鼎，用男女交合為藥引，竟然使得李世民如同枯木逢春，對她越發的癡迷，有時候一天要顛鸞倒鳳三四次。

既靈丹有效，聖上心頭大喜，將娜羅邇娑婆留在了宮中，日夜寵幸，這娜羅邇娑婆得了李治的暗中指使，每日吹著枕頭風，聖上對李治和慕容寒竹等更是深信不疑。

聖上還命兵部尚書崔敦禮發使者行於天下，采諸奇藥異石，用以煉製丹藥。

這崔敦禮乃博陵崔氏，出身名門，與本名崔寒竹的慕容寒竹同宗同源，隋禮部尚書崔仲方之孫，高祖武德年間拜通事舍人，而後得遷左衛郎將，到了貞觀則擢為中書舍人，遷兵部侍郎，頻使突厥，累轉靈州都督，到了這兩年，慕容寒竹越發受到重視，與李治商討繼位之後的班底，將崔敦禮納入了名單之中，聖上有心為李治鋪路，遂將崔敦禮徵為兵部尚書。

劉神威只是一名太醫，無法看透娜羅邇娑婆背後的政治鬥爭與佈局，他只曉得，若使這妖女留在聖上身側，則大限之日不久矣！

他又打坐了一刻鐘，終於還是咬牙站了起來，讓手下人備車馬，匆匆趕到了徐真的徐公府。

此時的徐真已經是當朝柱國，齊郡開國公，作為開國郡公，距離國公也只有一步之遙，已經是榮耀至極了。

要知道許多開國功臣雖然被封為國公，然則仍舊有許多當初擁有從龍之功的，只被封為郡公或者縣公，如徐真這等無名後輩，短短幾年就踏入郡公的行列，簡直是有些不可思議。

不過聖上行軍打仗都喜歡用奇，如今用徐真，也同樣是劍走偏鋒，又有何人敢再違逆聖上的意思。

反正待得聖上飛升之後，估計這徐真也囂張不了幾時了，這也或許是諸多朝堂百官的內心想法吧。

徐真升了左屯衛大將軍之後，每日要到北屯營去處理公務，一如早九晚五的上班白領，雖然他也可以不去，但他不想落人口實，是故每日準時上下班。

回到徐公府之後，才知劉神威守候已久，換了一身輕袍就到廳裡去見客，劉神威與徐真相識久矣，寒暄一番之後也就開門見山。

「徐公，某今次來，實在是無可奈何，然縱觀整座朝堂，或許也就只有徐公能夠解救某於危難之中了……」

劉神威並未危言聳聽，雖然太醫院諸多同僚一齊為陛下診療，然皆以劉神威這位藥王弟子為首腦，若聖上因為娜羅邇娑婆的胡僧藥而暴斃，劉神威就算人頭不保，這前程也算是走到頭了。

徐真見他神色冷峻，也是心裡好奇，忙不迭問道：「神威兄一口一個徐公，這是不把我徐真當兄弟了，你我二人還需客套個甚，且將事情說個清楚明白，若力所能及，徐某又豈敢不盡力？」

劉神威被徐真坦誠的言語感染，也是訕訕一笑，這才將事情始末說了一遍，言畢更是將暗中搜集到的五色胡僧藥取出來，交予徐真查看明白。

徐真見得這五色胡僧藥，察其色，聞其味，又詢問劉神威，這劉神威雖然是藥王孫思邈的弟子，然而對西域秘藥並不熟悉，也未來得及細細研究，當下也不知這藥中成分。

轉念一想，徐真就喚來下人，將摩崖老爺子和凱薩給請了過來，摩崖對西域醫藥頗為精通，而凱薩對西域毒藥亦是專精。

徐真與劉神威又聊了一陣，將聖上的病情都分析了一番，又說起娜羅邇娑婆，徐真才醒悟過來，此女竟就是王玄策從天竺帶回來的濕婆神女。

王玄策一路西行，對徐真多有嘲諷壓制，他彼此又是衛率府的長史，自然是太子的親信人馬無誤，如今聖上身體堪憂，李治還將娜羅邇娑婆獻上去，這等居心，實在讓人心寒了。

偏偏聖上病急亂投醫，這胡僧藥又有立竿見影的奇效，聖上一生與人爭鬥，如今四海平定，連高句麗都被打得苟延殘喘，到了晚年，不禁開始想要跟天鬥，與天爭命。

這娜羅邇娑婆乃神女，也就是上天派下來的使者，想要與天爭鬥，每夜撻伐娜羅邇娑婆這個神女，會讓聖上享用到無盡的成就感，彷彿睡了這娜羅邇娑婆，就真的能夠人定勝天一般。

史書對於李世民晚年這等荒唐事情記載甚少，徐真雖熟讀經史，然也不可能專門收集大唐的史料，漫說史料會有偏頗出入，就算史料如實記載，也不可能將這等細微之事記錄下來，再者，撰史之人只會歌功頌德，又怎會將千古一帝的不堪之事記錄在青竹之上？

念及此處，徐真只得幽幽一嘆，茶水還未涼，摩崖和凱薩已經走了進來。

此二人都是徐真的心腹，也沒什麼可隱瞞，瞭解事情經過之後，摩崖從劉神威手中接過了那一顆五色丹。

摩崖嗅聞了一陣之後，眉頭不由皺了起來，而後取來淨水，將丹藥撚開，化了藥水，自己嘗了嘗，品味其中成分，又從懷中取出數個瓷瓶，將瓷瓶之中的散劑倒入藥水之中，悶頭就將藥水喝了下去。

過得片刻，摩崖面紅耳赤，呼吸漸漸急促起來，胸悶氣短，大汗淋漓，渾身燥熱酥癢，掀開衣袖一開，手臂上赫然出現了數點紅斑！

見此紅斑出現，摩崖眉頭頓時舒展開來，從懷中取出兩顆藥丸，一顆吞服，一顆化水送服，面色的紅潮才緩緩褪去。

「大師，可有底細？」劉神威一看摩崖這試藥的手段，就知道摩崖是個醫藥宗師，見其適才的反應，心中也推算出了個大概，隱隱知曉了這藥中部分的成分，此事牽扯到他的專業領域，劉神威連忙朝摩崖問道。

摩崖將一壺淨水喝得見底，這才鬆了一口氣，緩緩開口道。

「此丹所用之餌頗為駁雜，然大多屬於煉丹常用之物，無非是些辰砂金黃朱紅白之物，然其藥引卻特異非常，乃用大茴香、附子、蠍毒和青殼蟲為引，雖能在極短時間之內刺激人欲，然青殼蟲卻是大毒之物！」

「青殼蟲？竟然是青殼蟲！」劉神威不覺驚呼，徐真不明所以，劉神威遂解釋道：「這青殼蟲亦稱為宴青，花殼蟲，其正名為斑蝥，斑者，言其色，蝥，刺也，言其毒如毛刺，俗間訛稱斑貓，這蟲子能產毒素，有大毒，久服而無法外散，則大不妙也！」

徐真恍然大悟，這斑蝥他可是聽說過的，據說古代無論中外，都有人將斑蝥素來製作成春藥，效果好得根本停不下來，但副作用也極大，連西門大官人都是被這樣的藥給害死的，就別說身體已經瀕臨崩潰的李世民了。

第一百九十九章

閻府門前偶遇狄公

李勣其人素來外寬內深，老謀深算，喜怒不形於色，聖上繼位之後，他果斷韜光養晦，為人處世極為低調，雖然從龍有功，然其深知聖上並不信任他，是故聖上賜姓，他斷然接受了，又因避諱改了名，但在內心深處，他一直在提醒自己，他不是李勣，也不是李世績，而是徐世績！

這兩年因為形勢所迫，老臣們一個個離去，他不得不被推上前臺來，參與了三次征遼，取得了極大的戰果，國民都在傳頌他的戰功，李勣卻心中惶恐不安。

他對徐真很看重，有時候甚至將徐真當成自己的義子一般來看待，可當徐真帶著劉神威來與之商討對策之時，他卻敷衍了過去。

因為他很清楚，自己決不能在這個關鍵的時刻，沾染任何的私下爭鬥。

聖上的身體越發不行，大限將至，最放心不過的人會是誰？是一直輔佐太子的國舅爺長孫無忌？是垂垂老矣，身體比聖上好不了多少的房玄齡？是整日招納方士，煉丹求長生，迷信鬼神的尉遲敬德？

都不是，是他李勣！

聖上出人意料的將徐真這樣一個青壯派推上高位，有為徐真量身打造班底，甚至將北屯營和百騎都交到徐真手中，是為了什麼？

是為了防止有人把持朝政，是為了替李治保駕護航！

長孫無忌和他李勣可謂一文一武，一內一外，此二人就算沒有反逆之心，朝中群臣也一樣會依附這兩人的勢力，文官多趨附於長孫無忌，而武將則以他李勣為首。

如果聖上信任李勣，則他和長孫無忌相互監督，也就不需要再提拔徐真了。

聖上之所以提拔徐真，就是為了在他李勣弱勢之時，徐真能夠填補武將方面的空缺，去制衡長孫無忌。

換句話說，李勣此時已經看到了自己的前途，待得聖上飛升，自己必定會受到罷黜或者放逐，這個時候，就需要徐真來統領軍方，牽制長孫無忌的文官集團。

如果自己識趣一些，表現得低調一些，成功渡過了李治的考察期，那麼自己的仕途或許還能夠回歸，可如果自己稍有異動，落入李治的耳目之中，罷黜之後就再無回歸朝堂的可能了。

所以在這樣的關鍵時刻，他不得不把徐真客客氣氣地送出了府邸，因為徐真跟他不同，徐真乃聖上欽點的親信，就算徐真做出一些違逆李治的事情來，最終李治也不可能動得了徐真，他李治如果在李世民死後就對徐真動手，那麼他長久以來塑造的仁孝形象就會瞬間坍塌。

登基之後就殺死父親委以重任的臣子，豈非將自己陷於不義之地？

所以徐真是安全的，比他李勣還要安全！

只是如今的徐真還未能像李勣這麼老謀深算，也沒能夠看透其中的關節，他從李勣府中出來後，心緒竟然有些鬱鬱。

劉神威按照摩崖交給他的解毒方子，先回太醫館配製解藥，希望能夠緩解聖上的慢性中毒。而徐真則前往工部尚書閻立德的尚書府，詢問那件東西的進度，那東西可是他的最大後手，若非閻立德和姜行本、李淳風都是極為信得過的人，他也不會將這麼重要的東西交給他們來研究。

早在當初他進入涼州之時，在遇到張久年等人的礦脈之中發現了硫鐵礦，他就定下了這個計畫，如今總算要開始實施了，他又怎會不上心，這可關係到他最後的退路問題。

徐真的車子就停在了尚書府的側門，按理說他如今已經成了開國郡公，又是左屯衛大將軍，可以直接從正門入府，不過他習慣了低調，再者，如今整個朝廷都在關注著他的一舉一動，他想不低調都不行。

「原來是徐公！還請隨小人進去歇息，小人即刻通稟尚書阿郎（老爺）！」閻府的執事管家見徐真從車上下來，慌忙來迎。

徐真經常來閻府走動，對這位管家也很是熟悉，並不跟他客氣，正要進門，卻見得門邊站了一個人。

此人年不過二十，身穿圓領袍子，腰帶紮得很緊，長身而立，氣度不凡，給人一種很清爽的感覺，微微抬頭，與徐真短暫對視了一眼，那眸子清澈如泉，擁有著一股與其年齡極不相稱的睿智。

「此人是誰？到此有何所求？」徐真隨口問了管家一句，管家輕哼了一聲，解釋道：「這人自稱是汴州的一個判左，受人誣告，要找我家阿郎申訴咧……」

「申述冤案怎地跑來工部尚書府上？」徐真難免疑惑，腦子裡不斷回憶關於閻立德的生平事蹟，可百思不得其解，遂問了那年輕人。

「不知小友姓甚名誰，來找閻尚書有何要事？」

那年輕人大抵看出徐真身份尊貴，但卻仍舊保持一份不卑不亢，朝徐真行禮道：「在下乃汴州判左狄仁傑，因受人誣陷，特來求助閻尚書……」

徐真聞言，心頭頓時一震！

「狄仁傑！這年輕人就是狄仁傑？不對啊，狄仁傑任汴州判左確實有被小吏誣告，後來才得了工部尚書的幫助，舉薦為並州都督府法曹，可他求助的工部尚書不是閻立德，而是閻立德的弟弟閻立本啊！這中間差了好長一段時間咧。」

徐真心頭驚訝，雖然自己攪風攪雨，但這蝴蝶效應怎麼也不會無端端牽扯出來一個狄仁傑吧？難不成就跟狄閣老這般有緣？

他本想直接將狄仁傑打發走，不過想起狄仁傑今後可是大唐宰相，怎麼地也要結下一份情誼，若自己硬是把他攆走了，這位神探大受打擊，今後成不了神探閣老，這因果報應豈非要歸咎到他徐真的頭上？

念及此處，徐真呵呵一笑道：「小友可是夔州刺史狄知遜之子，小小年紀就考中了明經科的狄懷英？」

狄仁傑見徐真居然能道出父親之名和自己的表字，又暗中推敲徐真的尊貴，不由受寵若驚，慌忙行禮道：「正是區區小子，不知貴人可是家父的舊識？」

徐真只是一聲輕笑，勸誡道：「小朋友，你受人誣陷，該找刑部的人，怎麼跑到尚書府來了，你我在此相遇，也是一場緣分，我就送份見面禮給你吧。」

未等狄仁傑回應答謝，徐真就命下人從車廂裡找來紙筆，唰唰寫就了一封手書，遞到了狄仁傑的面前來。

「你拿了我的手書去找刑部的閻侍郎吧，不過年輕人嘛，多吃點虧焉知非福？既受了誣陷冤屈，就該自己查清曲折原委，給自己洗脫冤屈，這才是大丈夫所為，這工部閻尚書堂堂大員，監造翠微宮、玉華宮、連昭陵都是他在營建和維持，可謂分身乏術，若個個如你這般來找尋，閻尚書可就要焦頭爛額了。」

徐真呵呵一笑，狄仁傑也是臉色羞愧，不過他心頭也是很震撼，因為彼時的刑部侍郎乃是閻立本，閻立德的胞弟，求助他可比求助閻立德這位尚書要容易得多，再者，這位徐真一番話也是激起了狄仁傑的傲氣。

見狄仁傑接過了手書之後，徐真輕輕拍了拍他的肩膀，兀自走入了閻府，狄仁傑卻呆立於原地，連恭送徐真都沒反應過來。

刑部侍郎可是正四品下的官兒，雖然閻立本不一定會為自己昭雪冤屈，而且狄仁傑受了徐真激勵之後，也下定了決心，一定要自己查清真相，狄仁傑也並不知道，自己這一次去見閻立本，因為有徐真的手書，讓閻立本對他刮目相看，等他查清了案子之後，更是吸引了閻立本的注意，使得閻立本對他欣賞青睞，今後還舉薦他成為並州都督府的法曹，而後更是進入大理寺，成為大理寺丞，從此走上神探的道路。

平復了心情之後，狄仁傑才反應過來，見徐真的車馬還在外面守候，遂走過來詢問道：「這位兄弟，適才那位是朝中哪位貴人？」

車夫瞥了狄仁傑一眼，就好像看著一個土鼈野老，輕哼一聲道：「就你這樣的眼色，還敢到尚書府來求門，連我家阿郎，當朝郡公、柱國、徐真大將軍都不識得！」

有些人就是這樣，自己沒點本事，卻喜歡拿主子來炫耀，狄仁傑也不以為意，可當他回味過來才一拍大腿，心潮澎湃起來，心中暗道：「這就是徐真大將軍麼！我…我居然得了大將軍的引薦……我的天！」

狄仁傑又怎會沒聽說過徐真的名字！他素來以徐真為偶像，徐真孤身入敵營，吐谷渾之戰甘州救李靖，齊州平叛，破了李承乾謀反，推倒侯君集，而後又渡河入遼東，高句麗之戰兩度救駕，種種事蹟如流光一邊從狄仁傑的心頭劃過，讓他身子都不由自主的輕輕顫抖起來。

那手中的引薦書，堪比真金白銀珠寶玉石還要珍貴。

他一遍遍回想著徐真對自己說的那番話，身子的血都慢慢熱了起來，不知不覺就走到了刑部侍郎閻立本的府上。

他抬頭看了看府邸的門匾，嘿嘿一笑，將徐真的手書塞回懷裡，轉身離開了，下午的陽光打在他的身上，將他襯得高大了許多，就彷彿一下子變得成熟了，他的步履神態變得更加的自信起來。

第二百章

蘇打佳飲夜光四杯

徐真從側門入了府，那管家小碎步在前方引領，兜兜轉轉，沿途庭院深深重重，然而徐真卻無暇遊覽，穿過小苑，來到了內院的一處偏房。

到了這裡，連那管家也不敢擅自涉足，皆因此地乃閻立德存放機密之處，主公曾經警示過府中奴婢，言說此間機關重重，擅闖者但殺不論，下人由是不敢造次。

閻立德並未誇大其詞，此處確有諸多機關，蓋因這房中凝聚了他半生的心血，用徐真的話來說，這裡既是他的寶藏密室，也是他的私人實驗室。

揮退了管家之後，徐真踏上了房前的方磚，那方磚如同九宮之格，黑白相間，方磚底下隱藏著機關，每日變幻，並不固定，若有行差踏錯，就會觸動機關，輕者驚醒房中之人，重者萬箭齊發，縱是巔峰高手，也躲避不過。

徐真將諸多現世創意都與閻立德分享，閻立德自是對徐真信任萬分，這九宮格的規律和竅門早已告之了徐真。

掐指計算了日期時辰，徐真左踏三步，前進一步，曲曲折折，終究是避過了九宮格，來到了門前，搖動門前的銅鈴，將閻立德給喚了出來。

過得許久，徐真都不見閻立德來開門，知曉他或許正在研究著，也沒加以打擾，就這麼在門口枯等了一刻鐘，門後才響起有些急促的腳步聲。

閻立德一開門，帶出來的氣味撲面而來，徐真頓感清涼，一股熟悉的氣息彷彿將他瞬間帶回到了原來的時空一般！

「閻阿兄莫非已經研製成功了！」徐真脫口驚呼，一臉的喜出望外，而閻立德只是嘿嘿一笑，捋了捋鬍鬚，頷首道：「幸不辱命！」

徐真慌忙入了房，見得曲足卷耳案几之上，一個雙耳細口肥肚琉璃瓶赫然入目，那瓶口還在散發著一股淡淡的清涼氣味。

別看閻立德肥頭大耳，實則心靈手巧得很，外粗內細，這房間擺設整齊有度，分門別類，可見其擁有著極其嚴謹的治學和研究態度。

徐真快步走到案几邊上，用小指摳了一點琉璃瓶中如鹽晶一般的東西，放到口中品嘗了一下，雙眸頓然一亮，扭頭朝閻立德叫著：「就是這個味！哈哈哈！就是這個味！」

閻立德有些意外，雖然這只是徐真交給他的諸多配方之中的一個，但製作起來並不難，他又有李淳風協助，更是不缺材料，是故幾天就把這個最容易的配方給製了出來。

他和李淳風雖然私底下有談論過此物的功效，然最終也只是一番猜測，徐真也並未做過多的說明，只說要給他們一個驚喜。

如今製作成功了，徐真連忙讓閻立德使人去將李淳風給請過來，又讓下人準備一些冰塊和貢糖。

這冰塊倒容易弄到，閻立德和李淳風諸多研究，都需要用冰塊來冰封保存一些重要的東西，可這貢糖就著實讓閻立德有些心疼了。

唐時的貢糖乃傳承天竺的熬糖之法，可成色卻不甚通透，閻立德府中確實儲有聖上所賜的貢糖，乃西域異族從天竺所得，晶瑩如冰，堪稱極品。

李淳風聽說徐真有請，急匆匆就趕到了閻立德府上，卻見徐真與閻立德坐於涼亭之中，時值五月，烈日當空，他匆匆而來，雖綢衣薄涼，也是出了一身汗水。

到了涼亭之中，他才看清楚徐真與閻立德案几的中間，立有一個冰桶，桶有四樽夜光杯，其內有翠色瓊漿，不知是何美釀。

「李大郎辛苦了，且坐下，來試試小弟的新飲如何？」

徐真見李淳風跪坐到自己的案几前面來，就起身將冰桶裡的夜光杯取了出來，閻立德和李淳風一臉狐疑地接在手中。

此時夜光杯上露珠點點，冰涼入手，杯中酒液冒起一個個氣泡，細細一聽，還能聽到氣泡浮出水面的破裂茲茲聲，一股清涼感頓時迎面而來。

「急忙忙喚我過來，就是為了品嘗新飲？」李淳風不由大失所望，還以為徐真又有什麼新創意要分享，結果竟然是如此……

閻立德也是搖頭苦笑，這東西是徐真交給他的配方，上面寫著蘇打二字，閻立德也不明其意，但他深知其中成分有些難以入口，若非徐真將新式煮鹽之法上交了朝廷，朝廷在西北鹽池建立了鹽署，這原材料苦鹼還真是不太好弄。

李淳風跑得一身是汗，哪裡在意這許多，感受著手中夜光杯的清涼，咕嚕嚕就灌了一大口。

徐真含笑盯著李淳風，閻立德也將杯子停在了嘴邊，自是要等待李淳風作何反應，可李淳風卻雙目呆滯，瞪大了眼珠子，久久未曾回過神來！

不是他失神錯愕，而是他有生以來，第一次品嘗到如此古怪而美妙的飲品。

這無名飲品一入口，舌頭頓時炸開了一般，感覺又千萬條小魚兒在自己的口腔之中打挺，一股清涼至極的味道刺激著每一個味蕾，使得舌底的津液如泉湧一般。

飲品咽下之後，就如同拿了冰從脖頸一路刮到肚腹一般，一線清涼而下，李淳風頓時冰涼萬分，大熱天的居然打了個冷顫。

徐真似乎早已料到會有這個反應，只是嘿嘿輕笑一聲，回到坐塌，斜靠在扶几之上，美滋滋地小口品嘗飲品，而閻立德急忙問道：「淳風兄，感覺似何？」

李淳風咕嚕咽了咽口水，又迫不及待地再喝了一口，不過這一次卻是輕輕抿了一下，讓液體在自己的口舌之間徘徊，細細品嘗之後，不禁拍案叫絕。

「此乃解暑之聖品也！」

閻立德見得李淳風如此失態，滿腹狐疑地嘗了一口，反應自然跟李淳風如出一轍，而且此兄更加誇張，那圓滾滾的身子竟然顫巍巍地，彷彿享受到了這人世間最美味之物一般。

「徐少君，這新飲叫甚名稱，何如擁有如此神妙之功效？」二人幾乎異口同聲地問道。

徐真嘿嘿一笑，又咂了一口，這才慢悠悠地回答道：「此謂之蘇打水，乃某家鄉之秘釀，二位兄長可莫要聲張啊！」

「蘇打水？」

閻立德和李淳風不禁傻眼了，特別是李淳風，他曾經周遊天下，不說上窮天文下知地理，對各地民俗風物卻是瞭若指掌，可想破了腦袋也沒能搜索出關於蘇打的任何資訊來，如此又不得不對徐真再高看了一眼。

閻立德本還抱怨，這蘇打的提煉著實費了他極大的功夫，為此乃特地讓工部的人燒製了極為昂貴的琉璃瓶和徐真設計圖紙中的琉璃管，若非大唐能人巧匠多如繁星，當真無法製作出這等奇物來。

「這蘇打水之中除了蘇打，該有其他清涼之物吧？以某之口齒感應，這蕃荷（薄荷）應該是有的⋯」李淳風細細品味著蘇打水道。

「淳風兄果真是個心細之人，不錯，這其中確實添加了蕃荷的汁液，否則其色又豈能翠綠如斯？」閻立德嘿嘿一笑，頗為得意地點頭道。

不過他很快就轉動眼珠子，又問李淳風道：「還有一物，淳風兄可品得出來？」

李淳風見閻立德有心考較，心有不甘，又細細品嘗了一番，眉頭緊皺了片刻，終於是舒展開來，直接讚道。

「妙哉！這裡面居然還有龍腦（冰片）？」

閻立德哈哈大笑，朝李淳風豎起大拇指道：「淳風兄果是博學多識，正是龍腦！哈哈哈！」

李淳風眉頭一挑，嘴角不由輕輕抽搐，將龍腦這等珍稀之物來製作飲品，估計也就這兩位妙人能做得出來了，不過不可否認，這蘇打水還真是不可多得之物。

三人正有說有笑，前院卻突然傳來一陣陣騷亂，一名華髮老者直接闖到後院來，一邊快步疾走，一邊叫嚷著：「李博士可在府中？」

李淳風聽到這個聲音，蘇打水都差點從口中噴出來，怕浪費了這等神物，硬是給吞了下去，憋得臉都青了。

閻立德聽到這個聲音，不由扶住額頭長長嘆息了一聲，喃喃道：「又來了⋯又來了⋯⋯」

徐真放眼望去，卻見身材魁梧的尉遲敬德老將軍雄赳赳闖了進來，也是不由苦笑。

這尉遲敬德雖是莽撞，卻大智若愚，知曉江山已穩固，遂放下了刀甲，不與諸人鬥寵爭功，這些年更是迷信神人仙丹，研磨金石，吞服藥散，還招了諸多樂師舞伎，學者撫琴自娛，閉門謝客長達十六年之久。

自從徐真揚名之後，他就糾纏上了徐真，一得空當就到徐真府上求仙丹神術，徐真抵擋不過，只能將其推給了李淳風。

尉遲敬德素知李淳風與徐真交厚，連聖人都向李淳風問卜，這李淳風估計還真有些本事，於是又天天到李淳風府上去胡混。

今日到了李淳風府上，卻聽說李淳風急匆匆來閻立德府邸作客，尉遲敬德又追到了這裡來。徐真見得尉遲敬德這等模樣姿態，突然心生一計，本苦於沒有勸諫聖上之策，如今卻是豁然開朗，慌忙讓閻立德和李淳風將夜光杯都藏了起來。

尉遲敬德聽說李淳風行色匆匆就出了門，到了閻府又聽說徐郡公也在，心裡暗自猜測，說不得徐真是在傳功給李淳風和閻立德了。

雖然李淳風和閻立德都是有名之士，可不得不承認，此二人自從與徐真交好之後，這仕途更是順暢無比，如今讓他老尉遲給撞上了，真真是天大的機緣。

尉遲敬德疾行而來，果見徐真三人躲躲閃閃，越發篤定了心中猜想，走進來一看，三人圍著個冰桶，那桶中居然泡著一樽翠綠飲品，那色澤看來就充滿了鬱鬱蔥蔥的生機。

「好啊！終是讓俺撞上一回了！爾等果真在偷吃瓊漿！待俺也嘗嘗這仙酒的滋味！」尉遲敬德脾氣耿直，在聖上面前說話都沒個分寸，朝中文武也是忌憚他這火爆脾氣，直來直往慣了，抓起夜光杯就灌了下去！

「糟糕！忘了冰桶裡還有一杯……」李淳風和閻立德心頭驚嘆道，然而徐真卻嘿嘿一笑，看著尉遲敬德，就像看著長安街上的貌美小娘子。

第二百零一章

密謀行事吐蕃來人

這古人也說，華酌既陳，有瓊漿些；吮玉液兮止渴，齧芝華兮療饑。尉遲敬德本就覺得徐真三人鬼鬼祟祟就是在偷吃靈丹妙藥，如今喝了蘇打水這等從所未有之物，當下就震驚了！

到底是人老就如同小孩這般的心性，尉遲敬德嘗了蘇打水之後，震撼難平，以為自己真的喝到了靈藥，當即滾下眼淚來，指著徐真罵道：「徐小子你就是個沒卵蛋的吝惜鬼！有這等靈藥都不予老夫嘗嘗以後還能愉快地玩耍不了？」

若是平時，徐真必定與尉遲敬德笑鬧一番，這老丈對其他人大呼小叫，對徐真卻是聽話得緊，如今徐真又擢了左屯衛大將軍，與他這個右武侯大將軍相差不多，本該嬉笑怒罵一番。可徐真卻只是冷冷瞥了一眼，而後緩緩起身，嚴肅到了極點地說道：「尉遲公爺且隨某來。」

閻立德和李淳風不知徐真有何意圖，自不敢跟隨，尉遲敬德冷哼一聲，抱住手中夜光杯，見李淳風和閻立德將各自杯子藏在後背，又搶了過來，將二人的杯底都給喝乾了，這才跟上了徐真。

徐真將尉遲敬德帶到偏靜之處，耳語了一番，後者眉頭不由皺了起來，待徐真說完，雙眼頓然睜大，驚呼出聲來：「果是如此？老朽倒是曲解了小郎君也！」

在等待李淳風之時，徐真已經將聖上癡迷娜羅邇娑婆，貪吃胡僧藥之事告之閻立德，這閻立德平素裡吊兒郎當，可心計也不膚淺，見徐真將尉遲敬德帶了過去，想著該是為那件事情做些籌備，於是也不瞞李淳風。

李淳風聽了之後也是心頭大駭，他曾經暗自為聖上占了天命，這可是死罪，是故聖上問占天命之時，他也只是一語帶過，只道是天機不可洩露云云。

然其卦象顯示，帝星將隕，卻也不至於如此提前，娜羅邇娑婆此時出現，迷惑聖上，攪混了天機，對大唐皇朝而言，可真真是禍，非福也！

二人又竊竊說了一會兒話，徐真與尉遲敬德就走了回來，也不知徐真說了些什麼，這小老兒少有的冷峻，居然一言不發，彷彿回到了十數年前那個雄心勃勃的萬人無敵之時。

徐真與閻立德交待一番，後者走回後院，不多時就取了兩支精美木匣出來，交到了徐真手中，而徐真則將木匣轉交予尉遲敬德手中。

「老將軍，此事干係重大，全需依仗老將軍，這兩份靈藥，一份是留給老將軍的，還望老將軍莫要推辭才是。」

尉遲敬德也知曉事情輕重，他本不想再參合朝堂之事，然事情到了這個地步，他不得不出面，再者，徐真居然將一份靈藥贈給了他，他又豈敢不出力？

「小郎君放心，某老則老矣，膽子卻沒減，你就等著聖上傳召吧！」

徐真整容肅立，避席謝道：「徐真先謝過老將軍忠義。」

尉遲敬德微微一愣，但很快就一臉堅毅嚴肅地給徐真抱拳還禮，而後灑然回去了。

送走了尉遲敬德之後，徐真又坐回席間，對於閻立德和李淳風，他也不想隱瞞什麼，可事關聖人，萬一失敗了，若牽扯開來，需是連累了這兩位，想了一下，徐真還是決定不說為妙。

閻立德和李淳風是何等聰慧之人，隱約已經猜到了事情的真相，對徐真的好意更是一清二楚，紛紛抱怨徐真不將他二人當做弟兄，好一通數落，徐真心頭一暖，見四下無人，就將自己的計畫說了一遍。

李淳風和閻立德此時才覺得事情比他們想像的要嚴重得多，這稍有不慎可就要遺臭萬年了。然而他們又不得不佩服徐真，哪怕賭上了個人的名聲和性命，也要替聖上著想，果不枉聖上對其一番抬愛。

既已全盤知曉，李淳風和閻立德又思慮其中關節，給徐真出謀劃策，將整個計畫都完善起來，需要動用到的東西，徐真都繪就成圖，讓閻立德和李淳風去安排。

正準備散了席，姜行本又尋了上來，徐真只能拿出新飲品來招待這位機巧宗師，姜行本自是跟閻立德和李淳風一個反應。

這也是個信得過的人，既然讓閻李二人知曉，又豈能欺瞞姜行本？於是姜行本也加入了這個計畫當中。

眼看著到了晚上，閻立德要留幾個弟兄下來用膳，李淳風和姜行本欣然答應，徐真也不好推辭，可偏偏這個時候，徐公府卻來人，讓徐真趕回府中見客。

徐真難免不悅，那下人不好當面作答，與徐真耳語了幾句，徐真眉頭緊皺，閻立德生怕耽誤徐真的要緊事，就送了徐真出門。

回到府中已經是華燈萬盞，客廳裡跪坐著一人，紅黃打扮，一手持珠，一手轉著經筒，顯是一名吐蕃高僧。

徐真快走了兩步，單手行了佛禮，含笑招呼道：「上師遠道而來，徐真未曾親迎，實在抱歉得緊，還望上師見諒則個。」

那吐蕃僧人見徐真待他如此親善，心頭有些受寵若驚，吐蕃對大唐廟堂的調動可是時刻關注，自然知曉徐真得以榮升。

「徐公爺莫折煞了老僧……」

徐真微微擺手，示意吐蕃僧人就坐，下人們早已有了招待，徐真客套一番也就作罷，那吐蕃僧人見客廳無人，遂直奔主題。

「吾來自於吐蕃小昭寺，欲往慈恩寺拜謁玄奘法師，辯論佛宗旨意，適有貴人相托，讓我帶書一封，必要親手交給徐公爺……」

僧人翻開僧袍，從袍底處撕開，這才將一封縫在衣中的密信交給了徐真。

徐真也不便當眾打開密信來查看，此時坊門已關，街上又有夜禁，是故命人將喇嘛僧帶到客房去，好生招待起來，來日在使人護送到慈恩寺去，僧人誦了句佛號，離了徐真而去。

回到房中之後，徐真將密信拆開來，這一行行看下去，眉頭先是緊鎖，而後又舒展開來，最後又緊鎖了起來。

房中燭火一夜未熄，直到翌日凱薩前來伺候，才發現徐真趴在案几上睡著了。

凱薩見得徐真手底壓著一封書信，下意識瞄了兩眼，眉頭卻也是皺了起來，也不忍打擾徐真，正欲出門，徐真卻驚醒了過來。

見凱薩神色有異，徐真乾脆將書信遞給了凱薩。

左黯和寶珠一直待在徐公府之中，跟著摩崖老爺子和凱薩，學習幻術和刺殺之道，這對璧人悟性極高，頗得前輩歡心，進步也是極為神速。

聽說徐真召見，兩人很快就來到了客廳，卻見張素靈和凱薩早已守候在此。

徐真也不囉嗦，待諸人落座之後，緩緩開口道：「我…有件大事，要你們幾個去吐蕃……」

張素靈等人聽完徐真的話，居然短暫沉寂起來，而後還是張素靈先嘿嘿一笑道：「奴家願意為郎君走這一遭！」

徐真朝凱薩投去詢問的目光，後者淡淡的點了點頭，左黯和寶珠似乎鬆了一口氣，他們生性跳脫，又得了摩崖和凱薩的真傳，早就想外出歷練玩耍，此次前往吐蕃正是絕佳的機會，又怎會不答應。

見眾人如此，徐真也是放了心，將手上那枚鐵扳指取了下來，塞到張素靈的手中，叮囑道：「將這個⋯交給她⋯⋯」

從客廳離開之後，凱薩等人各自回房收拾行囊，不多時就護送那位吐蕃僧人到慈恩寺去了。

這僧人洞察世事，早已超脫紅塵，聽說徐真要安排人手給自己當嚮導，之後還要護送自己回吐蕃，心頭已經推敲出七八分事情真相來。

不過託付他的那位貴人身份地位極其特殊，他又怎敢推諉。

送走了凱薩等人之後，徐真頓時沉悶了下來，這件事他實在是有些衝動冒失，若張素靈等人不能及時趕到吐蕃去，那可就麻煩了。

其時胤宗和高賀術已經到隴右道赴任，鎮守邊疆，連改名高舍雞的李承俊也被李勣從高句麗帶了回來，如今正跟著胤宗等人。

徐真生怕凱薩幾個耽誤了行程，又派了快馬，讓胤宗等人做好準備，接應凱薩一行，確保此行能夠順利。

做完這些之後，他又到淑儀殿去找李明達，畢竟昨日所定下來的策略，也需要李明達的暗中支援。

李明達早已知曉聖人癡迷娜羅邇娑婆，更清楚此女的來歷，對哥哥李治的做法，李明達也是敢怒不敢言，如今見得徐真終於要出手，心頭自然解氣，毫不猶豫就答應了下來。

兩人又密密商議了一番，徐真才回到北屯營去當班。

這才剛坐下不久，宮裡就來了人，說是聖上要召見徐大將軍。

「這尉遲敬德果然辦成了！」徐真心頭欣喜，然而生怕別人生疑，還假惺惺向那宦官打聽一番，這才匆匆進了宮。

此時的李世民斜臥於坐塌之上，一段時間不見，雙眼烏黑，臉頰凹陷，華髮滿頭，似乎瞬間蒼老了好幾歲，而娜羅邇娑婆正在一旁伺候著。

曲足卷耳案几之上，左邊是一支通透的琉璃淨瓶，透過如冰晶一邊的瓶子，可以看到裡面翠綠的瓊漿靈藥，如同孕育著無窮無盡的生命力一般。

而案几的右邊，卻是一隻木盒，盒子之中有一顆赤紅色的圓潤藥丸。

李世民的目光左右遊移，似乎有些拿不定主意，他已經品嘗過尉遲敬德獻上來的靈藥，不得不承認，服藥之後，通體舒暢，彷彿體內多年積鬱下來的毒素都被沖刷乾淨了一般。

然而，赤紅色藥丸和深諳房中之術的娜羅邇娑婆所帶來的樂趣，卻又讓他極為不捨……。

內心如此掙扎之際，宦官已經進來，通稟道：「大家（聖上），徐真將軍到了……」

第二百零二章

元朗見駕天罡歸來

徐真聽了宣召，當即小心翼翼步入含風殿，心頭卻不自覺地思索起來。

聖上昔日以神武之略起定禍亂，君臨天下，威加四海，乃大誅四夷之侵侮者，破突厥，夷吐渾，平高昌，滅焉耆，皆俘其王，親駕遼左而殘其國，凡此者，非以黷武也，皆所以立權而固天下之勢者。

聖上素來任賢使能，將相莫非其人，恭儉節用，天下幾至刑措，可如今的聖上，是否還能從諫近乎聖？

徐真心裡也擔憂著，若果李世民聽信癡迷於娜羅邇娑婆，是否還能聽得進自己的勸諫？好在他早早定好了計策和說辭，穩了穩心神，微微抬起頭來，轉入了御書房之中。

李世民向來注重禮儀，與臣子見面，絕不可能將娜羅邇娑婆帶在身邊，此時獨自端坐於案几後面，寂然揮毫，紙上乃「一朝春夏改，隔夜鳥花遷」。

這看似寫時寫景的短句，卻也反映出了李世民此刻心中的唏噓。

「臣徐真拜見皇帝陛下。」

徐真不敢打擾，待李世民最後完成最後一筆，留下意猶未盡的飛白，這才行禮道。

李世民抬起頭來一笑，眉角的皺紋頓時堆積起來，在花白的雙鬢襯托之下，更顯老態，讓人不忍訝異。

「徐卿，你且過來，看看某這幅字！」李世民擱筆，朝徐真招了招手，徐真連忙小步向前，走到案几側面來。

「徐真才疏學淺，騎馬打仗或許有幾分膽子，對書法丹青卻是一竅不通的……」徐真面顯赧色，李世民卻頗為得意，抿嘴一笑，似乎心情大佳。

徐真察言觀色，繼續說道：「雖不懂書法，但徐真這句子卻深蘊意境，暗合莊周，無為而為，只可意會而不可言傳也……」

他本只是想拍一下馬屁，生怕李世民再談論深意，遂用一句只可意會而不可言傳來結尾，豈知李世民聽到無為而為四字之後，就已然心動，覺得徐真果是看懂了他這一句。

「都說五十而知天命，朕老了，上陣殺敵這等事情已經做不來，也只能玩弄一些旁門左道，期盼能夠再多活個一年兩載，看著雉奴兒永固江山了……」

李世民為人驕傲，大半生從未說過一句軟話，更不會在臣子面前示弱，如今在徐真面前說自己老了，實在讓徐真惶恐不已，不過這也表明了他的姿態，他李世民是在跟你徐真說真心話，你可不能再用一些奉承話來忽悠皇帝老兒了。

然而徐真卻仍舊一臉惶恐，連忙接口道：「聖上龍體安康，切莫說這等不吉之言，太子殿下仁孝無雙，聖上定能長命百歲！」

李世民聞言，頓感無趣，沒想到徐真也是跟其他臣子一般，無法對自己推心置腹，難免不悅，遂不再繞彎子，開門見山道。

「徐卿，昨日尉遲敬德所獻仙酒靈藥，據聞乃出自汝之手？」

徐真故作驚駭，慌忙一拜，驚慌道：「臣…臣並無此等手段……只是當日在高國麗尋獲得道高人，現今在某府上作客，這才求得的珍稀飲品，而非仙酒靈藥之流……」

李世民並未把徐真的作態放在眼中，因為密信神鬼方術者，盡皆沒得個好下場，諸如張亮之流就是極好的證明，徐真的驚惶，正是李世民所預料的那般，是故李世民就當成了極為自然的一件事。

聽說徐真並非靈藥製造者，李世民倒真的來了興趣，遂問起這位高句麗的得道高人是誰，徐真早準備了說辭，刻意猶豫了一下才答道：「乃隋末羅浮道人青霞子……」

「青霞子？」李世民這兩年崇信方術道士，對諸多有名有姓的道人都有所耳聞，自己也研讀道藏，沉吟了片刻，雙眸陡然爆發出精芒來，輕顫著聲音道：「可是著作了《龍虎金液還丹通元論》的蘇元朗？」

徐真暗暗吃驚，本想著依照自己的計畫，將青霞子給引出來，沒想到李世民居然認得青霞子，這可就省事多了。

「聖上果真博聞強記，正是蘇元朗。」

李世民一聽果然是這位高人，心思就活絡起來了，他雖然知曉徐真擅長幻術，在西域和草原上擁有著神使的威名，然並不認為徐真能夠製造出如此有效的靈藥來，如今一聽是蘇元朗，也是一副恍然大悟的神態。

既得知是羅浮青霞子，聖上又怎會放過，當即吩咐徐真，翌日將青霞子帶入宮中，好讓他請教一些養生之道，徐真目的達到，卻又故作為難，遲疑了片刻才答應下來，李世民由是歡喜不已。

到了第二天，徐真果是將蘇元朗給帶入了含風殿，這青霞子蘇元朗乃真正的道宗大師，絕非徐真這等半吊子能相提並論的，三言兩語之後，李世民就已經被蘇元朗的資深所折服。

蘇元朗素來主張歸神丹於心練，此乃外丹轉內丹修煉的核心所在，強調性命雙修，李世民想要跟著修道，自是需要修身養性，遂命人將娜羅邇娑婆趕出宮去，娜羅邇娑婆頓時失寵，又有些不明所以，遂到東宮去求助。

王玄策這等身份，自然無法進入東宮的核心，李治將慕容寒竹召喚了過來，後者也是不明所以，不過他卻給李治獻了策。

過得兩日，大唐皇太子李治接見了一位特殊的客人，此人武德年間曾經擔任過火山令，乃道宗奇人，數年前就傳出仙逝的消息，又有人說是隱居不出，若非李治派出精銳人手，還真無法找到此人。

此人正是一代道家宗師，袁天罡是也！

這袁天罡乃隋末唐初的奇人異士，嘗為人相面，無不應驗，頓時聲名大噪，門庭若市，注入杜淹、王珪、韋挺等人，盡皆得其識，且無一不準。

當今聖上更是對其推崇備至，嘗問曰：「古有君平（漢朝的嚴君平，術數宗師），今朕得卿，何如？」

這袁天罡回答也是頗為巧妙，聲稱嚴君平乃生不逢時，而他袁天罡卻比他要強得多，這委婉的馬屁，頓時讓李世民對他刮目相看。

而後他為張行成、馬周等人看相預測，後事無不應驗，由是驚為天人。

已故的太子太傅高士廉曾經問過袁天罡，說大師既察人知命，可曾提自己預測過？不知你最後會當到什麼樣的大官？

袁天罡只是笑笑，答曰：「某於今夏四月，氣數已然盡去。」

果不其然，到了四月末，袁天罡果真辭去了火山令，據說已經駕鶴飛升，人間再無此人的消息。

可如今，這位相術大宗師，卻坐在了李治的府中。

世人皆以袁天罡和李淳風為當時瑜亮，常常相提並論，然而在袁天罡的心中，李淳風始終不如他袁天罡。

可現在他聽說李淳風已經成了太常博士，又深得聖上器重，民間甚至流傳著聖上問國運於李淳風的傳說，這也讓袁天罡頗為不舒坦。

所以當太子李治相邀，他果斷出山，而慕容寒竹更是為其大造聲勢，這才不出兩日，整座長安城都知道，那位能勘破天機的地仙人物，袁天罡已經再臨人間，此時就在太子的東宮之中。

李世民得了蘇元朗之後，每日似乎又恢復了生機，徐真又將龍腦之類的散表疏風藥物加入到冰鎮蘇打水之中，李世民喝了之後，體內積鬱的丹藥餘毒慢慢排了出來，整個人都煥發了生機，身體竟然慢慢恢復了一些。

越是如此，李世民對蘇元朗就越是言聽計從，徐真又暗中囑託蘇元朗，讓他為聖上量身打造修練的洞天福地。

聖上自是大喜，蘇元朗則招納了李淳風過來相助，二人在玉華宮中打造了一處洞天福地，沒幾日就竣工，蘇元朗邀聖上去體驗一番。

李世民進入這洞天福地之後，只覺一股熱氣不斷噴湧出來，在諸多宮女的服侍之下，脫掉衣物，在洞天福地之中打坐。

這洞天福地全部出自徐真的設計，其實就跟現世的桑拿房差不多，利用汗蒸來祛除李世民體內的丹藥餘毒而已。

蘇元朗和李淳風親自參與了設計建造，對徐真的創意也是驚嘆不已，而李世民不明就裡，經過了兩三次汗蒸之後，整個人神清氣爽，對蘇元朗和李淳風更是尊敬不已，各種賞賜從不吝惜。

對於擁有舉薦之功的徐真，他倒是沒有什麼表示，因為對於此時的徐真來說，聖上的信任，已經是最大的封賞了。

娜羅邇娑婆失寵之後，整日鬱鬱，不得不另謀出路，對於她來說，李治絕對是最佳人選，不過李治似乎已經深知她的底細，並不打算將這位天竺神女召入內闈之中。

最後還是慕容寒竹獻策，讓李治將娜羅邇娑婆賜給了長孫無忌。

此舉讓李治暗暗吃驚，因為他雖然性格怯懦，但並不表示他就是個笨蛋，長孫無忌雖然表面忠貞，但其實也是老奸巨猾，他李治也必須要防一防這頭老狐狸。

如今慕容寒竹獻策，想要將娜羅邇娑婆獻給長孫無忌，說明慕容寒竹已經洞察了李治的心思，知曉李治以後一定會對長孫無忌下手。

李治似乎有些遲疑，不過最終還是決定聽從慕容寒竹的策略，將娜羅邇娑婆又送入到了司徒的府上。

慕容寒竹笑得很深沉，他終於如願進入了東宮的核心，而且現在，李治已經將他當成了可信之人，甚至對他慕容寒竹的倚重，儼然已經超過了長孫無忌。因為李治也同樣需要自己的親信班底，以備今後對付長孫無忌。

與此同時，袁天罡也聽說了李淳風和蘇元朗受到聖人恩寵的消息，他冷笑一聲，決定入宮面聖，把李淳風和蘇元朗都趕出宮去。

第二百零三章

聖人天罡慈恩偶遇

袁天罡雖然是地仙一般的人物，可也不是想進宮面聖就能隨時如願的，太史令雖然通過聖人近侍透露過袁天罡再現人間，然聖上如今每日與蘇元朗、李淳風論道，又享受著徐真親自設計的洞天福地桑拿，整日排毒，積鬱餘毒盡去，越發信賴蘇李二人。

蘇元朗乃內丹修練的宗師，並不需要借助外物，也不構築丹鼎，更不需要服用石散，引導著聖上每日吐納，李世民果真容光煥發，空虛的身子也慢慢氣血充盈起來。

這日天好，李世民心情更佳，見得身體調養恢復了大半，遂決定出宮走動走動，蘇元朗和李淳風自是作陪，跟著蘇元朗修道一段時間之後，李世民也變得低調了許多，輕車簡行，開往慈恩寺而去。

這慈恩寺位於朱雀街東面第三街的進昌坊，寺廟南臨曲江池（黃渠），建有十餘庭院，近二千房間，重樓複殿、雲閣高聳、禪房幽深而清淨，諸多塑像遍佈寺中，可謂壯觀無比，雖仍未落成，前來拜祭和遊玩的人已經絡繹不絕了。

此地遠在北魏道武帝時就建了個淨覺寺，到了隋文帝時，又在淨覺寺故址上修建了無漏寺，也就是到了今年年初，皇太子李治為了追念聖文德皇后，祈求冥福，報答慈母恩德，這才下令修建，是故名為慈恩寺。

如今過了半年，主體工程已經差不多完成，乃度僧三百，請五十高僧入住，又別建翻經院，請玄奘法師移居，翻譯經文，聖上雖然體力不支，然彼時還是帶著皇太子和諸多後妃等，在安福門樓親執香爐臨送，前來觀禮者多達數萬人。

當時聖上無心久留，卻也被民眾崇佛的熱情所感染，眼下身體有所好轉，第一個想到的就是慈恩寺。

玄奘法師趕緊放下手頭翻譯工作，率全寺僧人出來迎駕，入寺之後，聖上又命人取來一本冊子，此乃聖上沉痾之餘親自撰寫的《大唐三藏聖教序》。

法師一看，序文之中不乏盛讚，云玄奘法師者，法門之領袖也，仙露明珠，詎能方其朗潤也。

玄奘不禁心頭感動，連連感謝聖上之隆恩，事起於今夏，法師將譯好的《瑜伽師地論》呈現給聖上，並請聖上作序，其時適逢聖上染病，法師也並未寄託希望，沒想到聖上居然還記得此事。

李世民見法師歡喜，遂趁機勸說法師還俗為官，這已經不是他第一次勸法師還俗了。

「朕今觀法師詞論典雅，風節貞峻，非惟不愧古人，亦乃出之更遠，堪公輔之寄，然坐山林而譯經卷，卻又是我大唐子民之失也……何不罷道而助秉俗務，致朕之左右，共謀朝政？」

玄奘乃得道高僧，萬般俗事早已洞徹，只是含笑答道：「玄奘少踐緇門，伏膺佛道，玄宗是習，孔教未聞。今遣從俗，無異乘流之舟使棄水而就陸，不唯無功，亦徒令腐敗也。願得畢身行道，以報國恩，玄奘之幸甚。」

聖上聞言，眉頭微皺，不過這也不是玄奘第一次拒絕還俗，李世民也不好再糾纏。

其時中土佛教已經頗得人心，玄奘歸國之後，信奉者更如天上之繁星，地上之螻蟻，數而不可勝數，若將這些信徒掌控起來，又何愁人心不穩？

可惜的是，玄奘並不想讓佛教徒淪為社會輿論導向的工具，是以多次拒絕了李世民，而李世民還以為玄奘仍舊心懷不滿。

想當初玄奘上表請求西行取經，他李世民是拒絕的，玄奘只能私自出發，遊歷了十八年才載譽歸來。

回歸之時，李世民還在洛陽，忙不迭親自接見玄奘，初次見面就生了讓其還俗之念，玄奘自是以翻譯經書為由，推脫了李世民。

玄奘為了探究佛法，一人西行五萬里，歷經苦難才到了天竺的那爛陀寺取得真經，前後十七年學遍了大小乘之法。

貞觀十五年之時，玄奘抵達中天竺，戒日王優渥禮待之，並決定以玄奘為論主，於曲女城中召開辯論大賽，東西南北中五天竺共十八位國王，三千多大小乘高僧與外道二千餘人參加大會。

其時玄奘講論，任人問難，但無一人能予詰難，一時名震整個天竺大地，被大乘尊為「大乘天」，小乘則尊為「解脫天」，戒日王又請玄奘法師參加五年一度，歷時七十五天的無遮大會，這才讓玄奘載譽而歸。

玄奘法師帶著佛舍利一百五十顆、佛像七尊、經論六百五十七部，回到了長安，此時聖上御駕親征遼東，已駐蹕洛陽，得知法師歸國，詔令在洛陽接見，法師不得不奉詔匆匆上路，並在洛陽宮的儀鸞殿受到了聖上的接見。

其時洛陽人無不彈冠相慶，傾城罷市，共睹法師尊顏。

離家十八載，法師難免思鄉情切，見家鄉東南的少林寺遠離世塵，清幽靜謐，遂向聖上表示，希望前往嵩山少林寺譯經，然而聖上並未應允，就像當初不准他西行一般拒絕了他，法師不得不折回了長安來。

若是尋常人，自是心有不滿，然法師早已看遍了紅塵，心台清淨，不受塵埃，根本就沒有將這些當成煩擾，反倒是李世民自己猜測，玄奘法師是因此記恨才拒絕還俗的。

法師的氣質由內而外，感染著諸人，李世民很快就放下了心中的羈絆，由法師陪同著，在慈恩寺中遊覽，又有蘇元朗和李淳風相陪，這寺中幽靜清新，讓人心曠神怡，偶爾傳來的誦經聲洗滌心靈，似乎真能拋棄一切凡塵的牽絆和騷擾一般。

如此悠然而行，到了一處偏殿，聖上匆匆一瞥，卻見一道人趺坐於蒲團之上，望著佛像發呆，頗感好奇，遂移步而觀，見那道人兀自出神，李世民不由覺得有趣，遂開口問道。

「你這道人，怎地到佛堂來發呆？難不成想棄道而入佛不成？」

那道人也不驚詫，背對著李世民說道：「某乃三清座下，又怎會入佛，今日到此，不過是為了瞻仰龍顏罷了。」

李世民心頭頓時一驚，雖然內衛四處遍佈，但都假扮了妝容，李世民今次算是微服私訪，沒想到這道人連頭都沒回，就知曉了聖人身份。

那道人也不敢在聖上面前裝神弄鬼，轉身行禮道：「貧道袁天罡，見過皇帝陛下。」

李世民定睛一看，果是袁天罡，頓時歡喜道：「天師再臨人間，果是我大唐之幸，某正有些要緊事需要天師除疑解惑，此非天意也？」

袁天罡露出一副雲淡風輕的樣子，李世民大喜之下，把了後者手腕，相談甚歡。

玄奘雖出世，然遇到此事，難免心有不悅，佛堂清淨，卻讓有心之人借此行事，實在讓人有些不滿，這袁天罡卻不以為然，連蘇元朗和李淳風都不屑一顧。

與此同時，李明達聽說聖上身體好轉，通過內人打聽之後，知曉徐真從中弄巧，遂到徐公府去詢問，徐真嘿嘿一笑，也不敢相瞞，李明達頓感歡喜，又見聖上出遊慈恩寺，就領了幾個女武官，喬裝打扮之後，前往慈恩寺。

這些個女武官身材豐滿修長，雖然戴了面紗，卻遮掩不住身子的線條，加上李明達氣質出眾，頓時惹得市井潑皮個個垂涎覬覦。

走了一段之後，居然有不長眼的上前來攔截調戲，卻被女武官不動聲色就解決掉，正欲前行，街道前面卻傳來陣陣驚呼，其中夾雜一聲駭人的獸吼，販夫走卒紛紛躲避奔走，面色慘澹，驚駭之極！

李明達眉頭一皺，不禁快走了兩步，這長安城中，天子腳下，發生這等騷亂，怎地就沒個人來管管。

到了前方開闊街道上，李明達卻看到一眾武侯和坊丁手持戒棍和繩索，正圍住一頭斑斕花豹！

那花豹似乎野性未除，四下裡衝撞，一名武侯還被撕開了後背，血肉模糊，真真讓人心驚。諸多武侯和坊丁只能膽戰心驚的圍住花豹，卻又無可奈何，又支出人手來驅散沿途的人群，派人回去取來鐵鉤刀劍，準備拿下這頭花豹。

這繁華長安城，又非山間野林，花豹的脖頸上還有半截鐵鍊子，不用多說都看得出來，這該是某家貴人私自豢養之物。

尋常貴族，養個名駒或鷹隼，鳥蟲魚犬，乃常見之事，可能養得起一隻花豹，可見底蘊之深厚，這些武侯和坊丁也不敢造次。

只是花豹已經傷了十數人，不待同僚取來鐵鉤和刀劍，坊間民眾已經操起菜刀劈柴斧子等，要將這害人的花豹給砍死當場。

武侯和坊丁都是有眼力的人，生怕這花豹死在自己的坊間，以後無法交差，只能勸勉鎮壓諸多憤怒的民眾，卻被街坊們罵了個狗血噴頭。

那花豹見得人多喧嚣，激發了野性，居然又發起狂來，連連怒吼咆哮，竟然朝李明達這邊衝撞了過來。

李明達面色一冷，也不驚慌，身邊的女武官悄悄取出利刃來，將李明達團團護住，待那花豹撲將過來的時候，一名女武官蹲伏下來，猛然疾行，高舉手中利刃，嗤啦一聲，那花豹的胸腹被拖開一道口子，五臟腸肚流了一地，吭哧幾聲，當場氣絕！

民眾無不歡呼叫好，武侯和坊丁卻駭然失色，見李明達那女武官沒有沾染一星半點的血跡，諸人又暗藏利刃，也知曉李明達來歷不俗，頓時頭疼起來。

其中一名武侯與同僚竊語了一番，慌忙跑回去報信，而其他人卻將李明達等人給圍了起來。

這花豹一死，花豹的主人到坊間來鬧，他們可交代不了，這李明達看似貴胄人家，反正花豹是她們殺死的，不若留了下來，就算花豹主人來鬧，那也是狗咬狗，不關他武侯鋪子的事了。

「同樣是武侯，差距怎地這般大……」看著這些武侯的嘴臉，李明達不由想起徐真來，她本趕著到慈恩寺去，如今她倒真想留下來，看看這花豹的主子到底是誰，居然張狂到了如此地步！

第二百零四章

明達遇阻唐人氣節

花豹既死，民眾無不歡慶，這些武侯和坊丁被罵得羞愧難當，可是他們實在是無可奈何，有權勢能夠養得起花豹的貴胄，又豈是他們所能招惹得起的？

李明達等人雖然扮裝出行，然貴氣難掩，又帶著刀劍行走，這些個武侯和坊丁又豈能看不出李明達有強大的家世背景。

好在李明達也並未為難他們，倒想看看是誰敢在天子腳下，縱容野獸傷及無辜，這街道上被傷之人，雙手雙腳都數不過來，總需要有人來承擔罪責。

李明達本就想著儘快趕到慈恩寺，本想為這些受傷的平民出頭，奈何花豹主人遲遲不來，苦主及家屬怨氣沖天，又吵嚷著讓武侯和坊丁去萬年縣衙報案。

這些個武侯哪敢把事情鬧大，叫來了坊正，先調動醫官來處置傷患，將民眾的情緒都穩定下來，這坊正顯然是知曉內幕的，若報到了縣衙去，事情可就鬧大了，那花豹的主子責怪下來，又豈是他所能擔待的。

正吵吵嚷嚷之間，一群人突然湧了進來，手裡提著沉重的木棍，雖然穿著新衣，纏著襆頭巾子，可終究難掩時常作惡坊間積攢下來的痞氣。

這些個惡人也不問傷患的情況，徑直走到花豹的前面來，為首一人惡狠狠地大聲問道：

「是誰殺死了我家主人的豹子！」

諸多民眾見其只問豹子而不問傷患，憤恨不已，有一青壯起身來質問，那人臉色一橫，當即吩咐惡僕來打，諸多民眾也不甘示弱，兩廂衝撞了起來，混亂一片！

坊正慌忙又叫武侯和坊丁上前去維持秩序，好不容易才將兩邊人手都拉開來，那些個惡僕已經人人掛彩，臉上盡是抓痕，衣服都被扯爛了，棍頭上卻也染了不少血。

事情到了這一步，坊正也壓不住眾人的情緒，有人報了上去，公人很快就過來捕人，群情激憤，這些個惡僕引得萬人所指，被罵得無地自容，卻又強自叫囂。

公人生怕事態擴散，便將惡僕和扭打的群眾都鎖了起來，人手有限，又只能讓坊正指揮武侯和坊丁來幫忙。

正忙活著，人群週邊頓時傳來尖叫，一支騎隊猝然而至，民眾只能紛紛躲避，在長安城中騎馬，簡直就是目中無人到了極點！

這支騎隊一出現，公人和坊丁武侯全部都停了下來，有些懂眼色的已經開始偷偷放了那些打人的惡徒了。

「誰讓你們抓人的！我的小花花乃千金購得的西域金錢豹，誰打死的，給我站出來！」

騎隊為首者十七八的年歲，一臉的悲憤，彷彿死的不是豹子，而是他情同手足的弟兄一般！

李明達眉頭緊皺，她素知長安紈絝眾多，在未遇到徐真之前，她也是經常偷出宮來，少不了張揚跋扈的舉動，可如今，她對這等做派卻極為厭惡。

那遍地無辜被傷的民眾得不到該有的撫恤和賠償也就罷了，這公子哥居然不看人命，而關心自己的死豹！

李明達固然義憤填膺，然而她剛準備挺身而出，那眾多惡僕之中有一人卻捂住流血的額頭，指著李明達身邊的女武官叫道：「是這群該死的臭娘們殺死了花花！」

這些女武官本屬「百騎」，直接由當今聖上統領，乃禁衛中的禁衛，而後又交予了徐真大將軍手下，經過層層選拔出來，個個是萬中無一的女子，專負責歸思縣主的人身安全，見這些街頭紈絝居然膽敢衝撞，目光之中不由爆發精芒。

那為首的貴胄紈絝卻不以為然，揮舞馬鞭指著罵道：「好一群賤婢，居然敢殺死我的花豹，都給我拿下！」

為首的女武官見對方居然在公人面前動手，勃然大怒，本想取出宮中行走的魚袋來震懾宵小，然而想起李明達身份尊貴，不宜曝光於人前，只能施展開手腳，與這些個惡僕打鬥。

李明達與徐真一同歷險之時，曾跟周滄和李德獎修習過武藝，許久未曾動手，今日見得有人欺壓良善，哪裡看得下去，與諸多女武官並肩而站，那些個惡僕居然連姑娘們的身子都沒碰到，就被打倒了一地！

為首貴公子暴跳如雷，協同十幾個騎士下馬來，揮舞馬鞭就一陣亂掃，呼嘯之間，又有一大批家僕衝殺過來，女武官縱使再英武，卻也架不住對方人多，居然紛紛被馬鞭絞住了手腳，惡僕家奴一擁而上，將李明達和隨行的六人給抓拿了起來。

這些惡僕和家奴膽大妄為，打鬥之間就隱約見識到女武官們的麗色，如今擒拿到手，紛紛扯掉了女武官的面紗，頓時被諸多女官們的驚人絕色所迷住，捆綁之餘還不忘上下其手。

為首貴公子見得諸多女官和李明達的姿色，頓時心花怒放，連花豹都忘記了，滿意地摸了摸下巴，想像著諸多女官同床共枕，大被同眠的旖旎，不由雙眸放光，對公人說道。

「都是一場誤會，這些小娘子也是無心之失，本公子相邀到府上解釋一番也就作罷了，來人，將小娘子都請到府上！」

騎隊後面出來幾個老人，該是經常替這公子善後，很懂分寸地開始打點，拿出財物來撫恤傷者，又偷偷給公人和坊正塞了好處，連武侯和坊丁都得了好處，這些人開始四處裡幫著疏通傷者的情緒，好一番撫慰，竟然將事情給壓了下來！

李明達心頭憤怒，沒想到事情會是這等結果，難道大唐兒郎的脊樑居然被幾個臭錢就給壓垮了麼？

她本想著為這些底層市井之人出頭，然而自己被抓卻無人挺身而救，那罪魁禍首拿出財物來居然就輕易將這麼大的騷動給平穩了下來，如此沒有血性之事，教人如何看得下去？

她李明達自從被徐真搭救之後，所見所聞親身經歷都是大唐男兒們的激奮熱血，都是抵抗外虜的堂堂本色，可落到這京都市井，男兒女郎卻軟弱無能，見利忘義，真真是可憐又可恨！

李明達傲然而立，一名惡僕邪笑連連，就要來推搡，一雙手居然直接抓向李明達的胸脯。金枝玉葉，如今又芳華正茂，哪裡受得這等折辱，一腳踹在那惡僕的心窩之上，那人身子發虛，中了一腳之後居然倒地不起。

「瞎眼的狗東西！」

李明達在父親的面前絕對乖巧懂事，可跟著徐真卻又刁蠻任性慣了，如今罵了一句，刁鑽之氣頓時瀰散，那公子哥卻嘿嘿邪笑，只覺李明達貞烈難馴，正是女中的極品！

他們這些紈絝，平素裡要什麼有什麼，手指一勾，就有女人剝乾淨了丟床上伺候，對於野馬一般的李明達，正好能夠滿足他們心裡那剩餘的一丁點男兒征服欲望。

「好！小娘子好身手！這廝不長眼，冒犯了姑娘，若不嫌棄，姑娘可先到府上作客，某必定將這事情解決得漂漂亮亮的，包你滿意！」

這公子哥也是下了馬來，故作豪爽地拍胸脯保證，然而李明達見慣了徐真和周滄等真正的英豪，又怎會將這樣的紈絝浪蕩兒看在眼中，不由罵道。

「就你？也配請妳家姑娘？給我滾開！」

李明達一抬腳，直踢了出去，那公子哥卻有些身手，一把扼住李明達的腳腕，一拂手，居然將李明達的金鞋給擼了下來！

如此輕佻的舉止，簡直是侮辱人了！

李明達怒氣中燒，然而雙手被縛，又有惡僕反扭了肩頭，死死扣了下來，卻也無力反抗。那公子冷笑連連，將鞋子丟給身邊的隨從，掃視著李明達那凝脂一般所在裙角裡的玉足，下腹一陣陣火熱，揮手道：「回府回府！本公子要跟這位姑娘好好聊聊！」

諸多民眾也有要出頭之人，可又被相織的人給勸阻下來，搖頭示意這已經不是他們能夠招惹的人物了。

一時間現場居然寂靜無聲！

正當此時，一名衣衫襤褸的少年乞兒從人群之中跑出來，攔住了那些人，怒罵道：「你們這些惡徒，縱容凶獸，當街傷人，又罔顧唐律，掩蓋真相，如今還要私下拿人，公人不公，武侯坊丁如走狗，這大唐天國，就是要毀在你們這些人手中！」

這少年十一二的年歲，臉色蒼白，雖形容殘穢，卻義正言辭，若是換了當朝相公來罵這番話，必定是醒世警言，如振聾發聵，然而由這麼一個小乞兒來罵，卻笑痛了那些公子哥和惡僕的肚子。

李明達心頭感激，原來大唐的普通平民，還是熱血尚存的，雖然他只是一個乞兒，雖然他無法讓那些貴公子感到羞愧，卻將那些收受了財物的人低下了頭，那銅錢揣在懷裡拿在手中，就像燒紅了的鐵一般燙手，而他們的臉，比那銅錢還要燙！

「小兔崽子！胡言亂語個甚！我看你是餓昏了頭了！叫某一聲爺爺，包你今後有地方住，有衣服穿，有地方住，你叫是不叫？」那貴公子顯然來了興趣，朝小乞兒說道。

那小乞兒冷笑一聲，一口濃痰噗地吐到了貴公子的臉上。

「哈哈哈！」

哄笑聲從人群之中炸開，也不知是誰丟了一枚大錢上來，而後大錢如雨一般潑向那貴公子！

第二百零五章

一掌拍懵程家庶子

都說人有志，竹有節，三軍可奪帥，而匹夫不可奪志也。當街上之人生怕得罪權貴，噤若寒蟬之時，這小小乞兒的挺身而出，為這些唐人，挽回了男兒的氣節。

不為窮變節，不為賤易志，若腹中貯書一萬卷，誰肯低頭在草莽？自古聖賢盡貧賤，何況我輩孤且直，小乞兒終究還是用自己小小的脊樑，撐起了唐人的驕傲。

李明達有感於此，看著小乞兒單薄的身軀，如同看到一根錚錚的鐵竹！

四周的人們紛紛將手中的錢幣丟到這些權貴子弟的身上，那公子哥又被小乞兒唾了一口濃痰，勃然大怒之下，一巴掌就將小乞兒甩飛了出去！

「啪！」

小乞兒的臉腫了半邊，趴在地上一動不動，周圍民眾義憤填膺，他們本就丟了自己的骨氣，如今好不容易被這小乞兒給點燃了熱血，眼睜睜看著小乞兒被欺負，哪裡能忍受得住！

「我們不要你的臭錢！」

「還我等一個公道！」

「如此欺壓良善，必受王法處置！」

人群開始高喊，李明達心頭的壓抑終於得以舒緩，這些唐人並未麻木不仁，他們還是有救的。

她的目光又集中到一處，小乞兒顫巍巍站了起來，呸出一口血沫，那血水連同半顆牙給吐了出來。

他一步步走到貴公子的身前，又是一口血沫吐向了他的臉。

似乎有所防備，這次並未能夠吐到那人的臉上，卻落在了衣服上，那貴公子勃然大怒，就要打殺了這不要命的小乞兒，然而手剛剛落下，卻傳來一陣劇痛。

「噗！」

輕微的破空聲傳來，空中閃過一道銀光，一枚通寶大錢射入貴公子的手掌之中！

「是誰在暗算？」

貴公子手掌鮮血橫流，那些騎士終是被惹怒，從馬包之中取出刀劍來。

這可就不是鬧著玩的了，那些尋常民眾見得動了刀劍，也都謹慎起來，只顧著怒目相對，卻不敢再衝撞這些人。

李明達見得這標誌性的錢鏢，頓時心頭大喜，轉頭看時，果真見得一人從街頭款款而來，一身便服，留著乾爽的一字鬍，長身而立，腰間革帶紮得很緊，沒有便便大腹，陽剛之中又不乏儒雅，斯文之中又透著英武，赫然是徐真來也！

徐真本與李明達約好了在進昌坊前碰頭，可等待許久都不見來人，而後聽說聖上在慈恩寺偶遇袁天罡，竟然跟袁天罡回宮去敘舊了，只好沿路尋找而來，給李明達報個信，免得她白跑一趟。

然而他卻沒想到，居然還有人敢綁架李明達。

他不再是當初那個楞頭青，他完全有能力將李明達救下來，不過在此之前，他要先知曉那貴公子的身份。

可當那貴公子朝小乞兒再次下手之時，徐真終於還是坐不住了，這一枚錢鏢出手，果然讓貴公子那邊暴跳如雷，他們抽出來的刀劍可都是軍中常用的制式兵刃，而非民用之物。

貴公子見徐真從人群之中走來，器宇軒昂，眉目帶著淡淡的不怒之威，一看面目有些熟悉，一時卻又想不起具體是朝中哪位權貴，不由遲疑了一下。

「你是哪家的小子，怎地當街行兇，欺霸良善，不怕辱沒了家門嗎？」徐真雖然只有二十九歲，可蓄起了鬍子，養了一身的尊威之氣，這一開口，頓時把貴公子給震懾了一番。

不過此豎子橫行霸道慣了，雖然心虛，卻仍舊色厲內荏地昂首答道：「某乃當朝左領軍大將軍，盧國公爺之子，程俊是也！爾乃何人，竟然敢傷了我！」

徐真一聽盧國公之名，不由頭大起來，這盧國公不是別人，正是身懷三板斧神技的程知節，程咬金是也！

就後世而言，程咬金絕對是榜上有名之人，除了秦瓊和尉遲恭這兩位門神，估計也就程咬金的名字最是響亮。

然而徐真這幾年來，卻並未聽聞太多關於程知節的消息，評書與雜說戲文之中，程咬金是個有勇無謀卻擁有赤子之心的莽漢，然就徐真這些年來的觀察，程知節絕對是個有勇有謀，智勇雙全膽大而心細之人。

早年間，勸說秦叔寶、單雄信、牛進達等人離開王世充的，便是程知節，到了武德七年，太子李建成向太祖諫言，要調走程知節，到康州擔任刺史，好斬掉李世民左膀右臂，程知節當即看破，與李世民分說清楚，寧死而不願離開李世民。

到了武德九年，程知節又參與了玄武門之變，立下了大功，拜太子右衛率，遷右武衛大將軍，實封七百戶。

貞觀十七年，聖上命人畫二十四功臣圖於凌煙閣，程知節自是位列其中，排了第十九名，專任左屯衛大將軍，檢校宮城北門駐軍。

這也正是徐真此時的軍職，為了熟悉北屯營的公務，徐真還特意拜會這位前任，可惜程知節婉拒了徐真的拜帖罷了。

這位盧國公比裴瘋賣傻頤養天年的尉遲敬德還要低調，其實這些個老臣如今除了長孫無忌和李勣，大部分都選擇了安心養老，生怕鬧出事端來，會晚節不保。

程知節有六個兒子，長子程處嗣（唐書又稱程處默）乃明衛將軍，在桂州擔任折衝都尉，次子程處亮娶了十歲的清河公主李敬，授駙馬都尉、東阿縣開國公，少子程處弼，官至左金吾將軍。

剩下三個乃是庶出，這程俊就是最小的一名庶子，表字處俠，聽說準備放到東宮去當個通事舍人，朝廷中人無不敏銳地捕捉到這一細節，猜測著程知節或許早已搭上了東宮這條大船。

其實非但程知節，這朝堂之中，哪個不想依附東宮，想做個從龍之臣？畢竟當今聖上，確實時日不多了。

徐真想起程知節的種種，不由稍稍遲疑了片刻，程俊還以為徐真被自己的大名給鎮住了，心頭不由得意起來，指著徐真說道：「這裡沒你什麼事，識趣的就趕緊走吧，我也就不追究了，否則讓你吃不完兜著走！」

他也不敢把話說得太滿，畢竟徐真直到此時都仍舊氣定神閒，而且出手用大錢給他的手掌扎個窟窿，單是這手絕技，就已經不能小覷了。

徐真也不想跟程知節鬧不愉快，雖然這程俊只是一個庶子，可他也不清楚程知節對庶子的態度會如何，若真的冒犯了這位老將軍，以後的路可就更加難走了。

念及此處，徐真也想著息事寧人，他走到李明達的面前來，朝程俊說道：「我給程公一個面子，今天的事就此作罷，這些人我要帶走，剩下的你就看著辦吧。」

徐真指了指李明達和隨行的女武官，不容置疑地說道，就要去解李明達身上的繩索，李明達也不是小丫頭了，當聽到程知節的名字之時，她就知道應該輕饒過這件事，畢竟她在名義上已經不是公主，鬧大了對她對當今聖上都不是什麼好事。

可她再如何低調也是個公主，這是不爭的事實，讓程俊這樣的庶子來羞辱自己，她實在咽不下這口氣，但徐真既然做出了決定，她也就只能忍了這一回。

她倒是想忍，可這程俊卻不知收斂，他覺得能放徐真走就已經是他的底限了，如今徐真還要將李明達和諸多絕色女武官帶走，這不就等於讓他們竹籃打水一場空，什麼都沒撈著麼！

「好狗才！給臉不要臉是不是！」

程俊指著徐真一聲大罵，身後的騎士紛紛上前來，抽出刀刃，圍住了徐真和李明達。

「啪！」

一聲脆響，在所有人都未回過神來之時，程俊的臉上已經出現了紅腫的五個指印！

他難以置信地直視著徐真，只感覺這男人的眼中充滿了殺意，彷彿只要這男人動一動眼皮，他就會想一條狗一般死去。

他甚至沒有看到這個男人是如何出手的，臉上就已經滾燙辣痛起來！

徐真向前一步，直視著程俊，冷冷地教訓道：「對長輩說話，要懂禮貌。」

在諸多人的驚愕之中，徐真緩緩解開了李明達的束縛，又解開了諸多女官身上的繩索，他朝那些惡僕和家奴掃了一眼，那些人連忙將繳獲的兵刃都還給了女武官們。

「太…太神武了……」女武官們都是精銳出身，她們早聽說徐真成為了「百騎」的新首領，然而一直未得親眼見識，如今見得徐真以目光的威嚴就能震懾這幫宵小，實在讓人解氣到不行，心頭的崇拜，使得這些女漢子一個個變成了花癡，恨不得馬上展現出自己最妖嬈女人的一面，好讓這位「百騎」的新將軍多看自己一眼。

程俊的臉因為被徐真搧了一巴掌而紅腫滾燙，也因為受到的羞辱而滾燙不已，然而他就是沒有任何的勇氣，能夠用來對抗徐真的威懾！

他很清楚，只要自己揮一揮手，身後的騎士們就會操起傢伙，將徐真圍殺當場。可他無論如何，都無法抬起自己的手臂來，就好像徐真的氣場化為無形的大手，將他的雙手都束縛起來了一般。

徐真將李明達等人帶走了，也帶走了那個小乞兒。

「你叫什麼名字？」

「我…我沒有名字……」

「嗯？啊…孤兒啊…不如我賜你個名字，以後你就跟著我吧。」

「賜我一個名字？」

「嗯，以後你就叫…就叫…就叫李元芳吧，一會這些姐姐會帶你回千牛備身府，以後，你會是一個最出色的侍衛。」

徐真就這麼跟小乞兒邊走邊聊著，小乞兒見得徐真一個巴掌拍蒙了那紈絝公子，似乎對徐真頗為崇拜，他卻不知道，自己正走向一條傳奇之路。

待徐真等人走出很遠，程俊才回過神來，抓起馬鞭就將身邊一堆僕人抽得哭爹喊娘四處亂跑，又將那些個受傷的平民全部轟散，這才平息了怒火。

「有人知道剛才那人是誰嗎？」程俊冷冰冰地問了一句，身後的騎士一片沉默，過得片刻才有一個人小聲地回答了一句。

「小人好像認得他…他好像…好像就是新任左屯衛大將軍，齊郡開國公徐真…當日他曾經來府上拜會阿郎（老爺），不過吃了閉門羹……」

程俊一聽徐真之名，心頭不由冷了半截，可聽清楚之後卻又歡喜起來，抓住那人的胸口就急問道：「你是說他吃了閉門羹？耶耶（父親）不曾接見他！」

「是…是的…」

「哈哈哈！回府！快回府！我要見阿耶。」

第二百零六章

程家父子屯營演戲

程俊聽聞自家大人（父親）對徐真並不青睞，馬上計上心頭，回了府邸之後，也不洗漱，反倒讓人取來熱水，將頰上那掌印敷得越發紅腫，而後哼哼唧唧地裝腔作勢，臥床不起。

程知節雖年過五十，然每日仍舊修練，未將武藝丟開，此時於府邸院落之中練武，其時身姿高瘦，一身的精肉，氣質內斂清淡，並未像後世所描述那般虯髯黑臉，反而透出些許儒雅和道骨仙風。

他手持一柄橫刀，架了個起刀之勢，雙眸微睜，精氣神凝聚於一處，微風吹拂衣袂，雖未有所動作，一股蠻橫的威懾力已經四處瀰散開來，如同一頭遲暮的豹子，偶爾睜開雙眸，偶爾動動爪牙，都足以讓人心驚膽戰！

後世總有多事之人，將程知節渲染成有勇無謀的混世魔王，謂之使一柄八卦宣花斧，得了石穴老神仙的點撥，三板斧打遍天下，這三招乃是「劈腦袋、鬼剔牙、掏耳朵」。

實際上，程知節弓馬嫻熟，刀劍弓弩無一不精，最擅者卻是馬槊！

練武之人都說一月練棍，一年練刀，十年練劍，一生練槍，這槍乃是百兵之王，與兵器之中最是難練，然而馬槊卻比槍要更難！

程知節半生戎馬，能夠建功立業，位列公侯，皆賴手中一桿馬槊，心中千百謀略，如今世道安穩下來，他也不能丟掉這馬槊的絕技，然則在這長安之中，想要時時動用馬槊，也不太實際，只能練了刀劍來養養氣則已。

練完之後，他就收拾起來，洗換清爽，落座用膳，讓人去叫程俊來作陪。

他是個耐不得寂寞的人，只是老弟兄一個個老死，他也沒奈何，再者，如今在朝堂為官，已經不似當年征伐，老弟兄們心有顧忌，也不會經常相聚，免得落人口實，覺得這幫老臣蓄意結黨，圖謀不軌。

三個嫡子都已經成家立業，各有家室，庶子中的兩個也都有了自己的操持之業，唯獨幼子程俊仍舊留在家中。

對於程俊的做派，作為父親的程知節也是非常清楚，然而他並沒有過多約束，別人都說他程知節養而不教，讓這幼子為非作歹，毀了他的一世英名，然而程知節卻非常清楚，養一個紈綺子弟，實則有益而無害。

他不想走侯君集和張亮的老路，也不想走薛萬均、薛萬徹的老路，這些老臣當中，李靖算是低調中立，也算是聰明之人，然而他的長子李德騫還不是捲入到了謀反案，被流放千里？連次子李德奬都遠離了朝堂。

這座廟堂暗流湧動，若養了一門虎子，那可是禍非福啊！

聖上將戍衛京師的重任交給了他和尉遲敬德，尉遲敬德是個外粗內細的人，同樣很聰明，選擇了信奉鬼神仙道之術來麻痺別人，可張亮同樣迷信，最終還不是被斬了？

他程知節也是錦衣夜行，但卻不會迷信鬼神，故而選擇了讓庶子出頭，為自己遮擋一些流言蜚語，如今朝堂之人都說他程知節養了個不成器的幼子，又有誰敢說他程知節心圖不軌？

這就是他的處世智慧啊！

如今剩下來的老臣，李靖已經在家養老，兒子都不在朝廷任職，長孫無忌仗著國舅爺的身份地位，竭盡全力輔佐太子，李勣負責對外征戰，劉弘基更是老狐狸一個。

像侯君集這般軍功越來越大的，最終也只是落得個身首異處的下場，聖上能夠放心任用的，到頭來竟然是死忠的契苾何力和阿史那社爾這樣的異族外將，其中關節，不言而喻了。

「也不知房玄齡這老匹夫能活到幾時咧……」

程知節自顧喃喃了一句，露出外人無法察覺的笑容來。

坐了一會兒，婢子來報，說少郎君身體不適，不能陪伴阿郎用膳，程知節不由冷哼一聲，這小子不知又要動什麼歪腦筋了。

雖然是庶出，但程知節對程俊這個幼子還是很疼愛的，草草吃了些東西，就到偏院來探望。

這程俊聽說自家大人來了，就縮在被窩裡，使勁哼哼，一張臉經過婢子用熱水敷了之後，更是紅腫得想個豬頭。

程知節一看，五個指印赫然入目，心裡也是不悅，雖說兒子紈絝不化，然而畢竟是他盧國公的兒子，何人敢如此上臉，居然打得這麼慘澹？

程俊知曉戳中了大人的要緊心思，將徐真的所作所為添油加醋說了一遍，程知節也知曉偏聽則暗，叫了隨身伺候程俊的府中老人來問訊，那老人也是得了程俊的好處，又是一陣煽風點火。

程知節只是冷笑不語，到了下午，卻帶著程俊親自往北屯營走了一趟。

此時徐真剛剛回到屯營衙門，北屯營的軍隊駐紮在長安城外，但辦公衙門在城裡，徐真聽說這位前任左屯衛大將軍，北屯營的首腦來探察，連忙迎了出去，卻見得程俊趾高氣揚的跟在老國公的身後。

程俊自以為大人要替他出頭了，不由得意洋洋，他也不是瞎眼的貨色，早聽說徐真威名，這年頭，如果連徐真都沒聽說過，出門都不好意思跟人家打招呼。

「程公親自到訪，折煞了小子也！」徐真親熱熱將程知節迎了進來，後者也是抱了歉意，聲稱最近公務繁忙，以致上次徐真拜訪，並未能夠接見，心裡過意不去。

徐真哪裡敢在這位大名鼎鼎的老將軍面前托大造次，連連擺手，將此事揭過了去。

北屯營的老人們聽說程知節老將軍來了，紛紛過來湊熱鬧，一群人恭敬敬地行禮問候，就好像如今的北屯營還是程知節的，而非徐真的。

雖說徐真軍功顯赫，又得聖上親自栽培，一時風頭無倆，在軍中聲望也漸漸提升起來，儼然就是軍中新貴，然而不說李勣，就說相對契苾何力這些個老人，徐真畢竟還是差了一些底蘊的。

程知節一一應付了這些老下屬之後，終於將程俊從身後給揪了出來。

「逆子，出來見人，有什麼話要跟徐大將軍說道，現在可以開始了。」

程俊也是一頭霧水，本以為老父要帶他來找場子，沒想到自家大人一開口就罵了一句逆子，讓他頓時疑惑了。

徐真卻是心頭一緊，他知道程知節並不像李靖和徐世績那樣，是跟自己一同作戰過，在戰場上建立起來的情誼，雖然他一直仰慕這位程咬金，可對方之前可一點面子都不賣給他的。

如今他親自帶著兒子上來，想必是為了李明達打死了程俊花豹那件事了。

「程公，先前某與貴公子確實有些誤會，如今都已經過去了，年輕人誰沒有點火氣，徐某若有冒犯之處，還望程公不要介懷。」

程知節冷哼一聲，看似在氣憤自家兒子不爭氣，在旁人看來這冷哼卻又好像針對的是徐真。

「這逆子驕縱無人慣了，這眼珠子也被酒色迷了，冒犯了徐大將軍，今日老夫就帶他上門來請罪，將軍心裡有什麼怨憤，也不需看顧老夫面子，這樣的逆子，不給他個教訓，他還不知天高地厚呢！」

程知節憤憤罵道，那程俊還一臉迷茫，搞不清楚狀況，卻被自家老大人一腳踹在了膝蓋膕窩上，噗通跪在了徐真的面前。

這大唐雖然也注重禮節，然而大臣上朝都不需要跪拜天子，除非重大的廟堂盛事，否則少有跪拜之禮，堂堂開國功臣之子，居然跪在了徐真這位新晉大將軍的面前，就算是賠罪，也實在是過分了一點了。

徐真臉色大變，雖然知道程知節對自己沒多少好感，可也沒想到他居然以退為進，帶了兒子來北屯營，這是要反將自己一軍啊！

這事鬧得如此這般，在北屯營的弟兄們看來，就算程俊冒犯徐真在先，如今讓老將軍紆尊降貴來賠罪，都變成了徐真的不是了！

這要是讓程知節逢場作戲到底，他徐真今後還怎麼統領北屯營的人馬？

這一彪人馬乃是聖上親自託付給他的，以後可是有大用的，北屯營的人之前暫時歸了契苾何力來領導，然而契苾何力又到北荒去征戰，實質上仍舊由程知節領著，如今才歸了徐真。

若無法讓北屯營的兵馬心服口服，想起即將到來的大事，徐真也是心裡慌張得很，思考了其中關節，連忙就要將程俊扶起來。

可這程俊深知老大人的脾氣，如今哪裡會不清楚程知節要做什麼，當即配合著擺出一副寧死不屈的樣子，口口聲聲說自己沒錯。

「兒子沒有錯！當日那些個不長眼的臭娘們打死了兒子的花豹，難道我程俊就這樣放過了？程俊雖然紈絝，可也是大人的親兒子，身上流著大人的熱血，好歹也知曉英雄氣節，豈能任人在我頭上拉屎撒尿！若只是我程俊的面子，我也就忍了，可這是在抽我家大人的耳光啊！」

徐真一見他扯到程知節的身上，頓時皺了眉頭，知道今天的事該是來者不善了，還未來得及解說一番，程知節已經勃然暴起了。

「混帳東西！我程知節素來如何教你！你縱獸傷人不說，徐大將軍替為父教訓你，你還敢紅口白牙地頂撞！徐大將軍不跟你一般見識，我這個做父親的卻不能饒你！」

程知節顫抖著手就抽出腰間的御賜玉帶來，啪一聲就抽在了程俊的身上！

唐師 陸章 以退為進 完

ACP0069

唐師 陸章：以退為進

作　　者─離人望左岸
編　　輯─黃煜智
封面設計─莊謹銘
內頁排版─時報出版美術製作部
董 事 長
總 經 理─趙政岷
出 版 者─時報文化出版企業股份有限公司
10803 台北市和平西路三段 240 號四樓
發行專線─（02）2306-6842
讀者服務專線─0800-231-705、（02）2304-7103
讀者服務傳真─（02）2304-6858
郵撥─1934-4724 時報文化出版公司
信箱─台北郵政 79 ～ 99 信箱
時報悅讀網─www.readingtimes.com.tw
電子郵件信箱─ctliving@readingtimes.com.tw
時報思潮線─www.facebook.com/trendage
法律顧問─理律法律事務所 陳長文律師、李念祖律師
印　　刷─盈昌印刷有限公司
初版一刷─二〇一五年十二月三十一日
定　　價─新台幣二五〇元

國家圖書館出版品預行編目資料

唐師 陸章 / 離人望左岸作 . -- 初版 . --
臺北市 : 時報文化 , 2015.12
面；　公分

ISBN 978-957-13-6483-4(平裝)

857.7　　104025488

ISBN 978-957-13-6483-4
Printed in Taiwan